誤審死

麻野　涼
Asano Ryo

目次

プロローグ

上毛建設の小山社長から大船貢《おおふなみつぐ》に電話が入ったのは一月四日だった。小山は大船が冬には東京の建設現場に出稼ぎに行くことを知っていた。小山の依頼は東京に行くのを二月からにしてもらえないかというものだった。上毛建設は群馬県富岡市に本社がある小さな建設会社で、大手ゼネコンが手がける高崎、前橋、伊勢崎市周辺のビル建設の下請けを専門にしていた。

都内の建設現場の方が日当も高いが、家族と離れて暮らすことを考えれば、多少安くても上毛建設の仕事を引き受ける方が、大船にとっては都合が良かった。何よりも四人の子供のそばにいてやれる時間が長くなり、妻の妙子もそれを喜んでいた。大船と妙子との間に一男三女が誕生していた。長女の祐美は中学に通い四月から三年生に、二女靖子は六年生に、三女典子は四年生、長男の芳男が二年生にそれぞれ進級する。

農業収入だけでは一家の生活は成り立たなかった。もう一つ気がかりなのは、近所の中古車販売店から購入した車の支払いが遅れ気味になっていたことだ。地元業者というより、親の代から付き合いがあり、経営者も大船の同級生の宮崎だった。ローンを組めば利息もかかるし、それよりも月末に五万円ずつ十回払いで、多少の遅れは気にしなくていいからと言ってくれた。一月いっぱい上毛建設で働けば、少なくとも一回分を支払うことができる。そうすれば少しは気が楽になる。

東京の工事現場の状況にもよるが二月から四月まで仕事があれば、それなりの収入にもなるし、支払いの目処《めど》もつく。五月からは妙子と二人で畑仕事に打ち込むことができる。上毛建設の仕事は大船にしても願ってもない話だった。しかも現場は自宅から車で十分も離れていない場所だった。

依頼主は幼馴染《おさななじ》みの折茂《おりも》俊和で、牛舎の新築だった。折茂は先代から譲り受けた田畑、山林を放牧地に変えて畜産業を営んでいたが、この事業が成功し、さらに牛舎の増築を迫られていた。折茂は金には細かく汚いと地元では評判だった。納期を守らなければ、建設費用の大幅値下げを要求されかねないと小山社長は不安を募らせていた。

小山からは六日から一月末まで、牛舎の仕上げに加わってくれと懇願され、大船はそれを快諾した。折茂の自宅から少し離れた小高い丘の頂に建設中の牛舎に行くと、仕上げ作業と小山から聞いていたが、牛舎の床にセメントが流し込まれ、やっと骨組みの鉄筋が組まれた程度だった。一カ月で完成させるのは到底不可能なような印象を受けた。

　まだ内部の仕切りを作ったり窓枠や換気扇などを取り付けたりする作業が残されていた。屋根は瓦を載せるばかりになっていた。小山は瓦製造業者から瓦葺《ぶ》き作業員二人とともに鬼瓦を搬入させた。

　トラックが牛舎に横付けされ、小型のフォークリフトで屋根に瓦の束が運ばれる。小山は二人の職人を屋根に上がらせた。小山、大船、渡部の三人で、瓦をトラックから降ろし、フォークリフトに載せ、屋根に上げる。フォークリフトで上げられた瓦をひとまず屋根に並べ、それを屋根の斜面の上を歩きながら、二人の瓦職人へと運んでいく。

　小山と大船の二人がいちばん危険でつらい屋根の作業についた。上州名物カカア天下に空っ風で、真冬の空っ風は頬《ほお》を切るように冷たいというより痛く感じる。屋根の上からは澄み切った空の北西方向に浅間山が見える。瓦の束を職人のところへ運ぶと、手際よく屋根に鬼瓦を葺いていく。屋根を歩いているうちにすぐに汗が吹き出してくる。

　昼休みは牛舎の日当たりのいい場所でそれぞれ弁当を食った。午後の仕事を開始しようとしたときだった。様子を見に折茂が牛舎にやってきた。折茂俊和と大船は地元の小、中学校、さらに農業高校とずっと一緒だった。

「貢はいつから大工になったんだ」

折茂の言葉には侮蔑《ぶべつ》が込められている。

「四人子供を抱えていて、その上狭い田畑では農業だけでは食ってはいけんのさ」

大船は相手にせずリフトで屋根に上がった。屋根の瓦葺きの状況を見たいと思ったのか、折茂もリフトに乗ってきた。

「貢は農業には向いてねえな。最近の農業は昔みてえによ、ただ土を耕していればどうにかなるっていうもんではねえぞ。ここだ、ここを使うんだよ」

折茂は自分の頭を指し示した。小山が見るに見かねたのか、大船に声をかけた。

「こんどは下と交代して瓦をトラックから降ろしてもらえんか」

「いや、いいですよ。このまま続けましょう」

大船が屋根から下りれば、折茂がついてくるのは明らかだ。その後もしばらく大船をいたぶるように、文句とも小言ともいえないことを囁《ささや》き続けた。

折茂は子供の頃から弱いもの虐《いじ》めが好きだった。大人になってもその性格は変わらなかった。この辺りではいちばんの地主で、生活も他の農家とは比較しようもなく豊かだった。地元の農業高校から東京の大学に進み、畜産を専攻して故郷に戻ってきたのだ。ただ成績はお世辞にもいいとはいえなかった。

農業高校に進学するのは、家業の農業を継ごうと本気で考えている者か、あるいは普通高校への進学を断念せざるを得ない成績の者がほとんどだった。折茂は後者だった。大学に進学できたのも、先祖伝来の土地を親が売却し、多額の寄付金を積んだからだと地元では公然と囁かれていた。俊和が生まれる数年前に長女を病気で失っていた。そのせいもあって両親は年老いてから生まれた俊和を溺愛《できあい》して育てた。その両親もすでに他界していた。

大船は成績が特に優れていたわけではないが、農業高校では三年間トップクラスを維持してきた。心無い言葉の裏には複雑な思いが込められていることは十分に想像できた。

折茂の嫌味は執拗《しつよう》を極めた。ついにがまんができずに大船が言葉を荒らげた。

「いつまでもそこにいられると仕事の邪魔なんだ。言いたいことがあるなら、後で聞くから下りてもらえんか」

皆の前で注意されたのがよほどくやしかったのか、折茂が怒鳴った。

「なんだとこのヤロー、仕事の発注者に言う言葉か、それが」

真っ赤な顔をしている。

「本当に危険だから、下りてもらった方がこちらも仕事に集中できるんです」

険悪な雰囲気に小山が割って入った。しかし、折茂の怒りは収まるどころか、炎天下にさらされた揮発油に火が入ったような勢いだ。

「もう一度、言ってみろ」

そのとき、瓦が激しく割れる音がした。瓦葺き職人が瓦一枚を屋根から放り投げたのだ。

「すまん。手元が狂ってしまった」

その音に我に返ったのか、折茂は「気をつけろ」と一言怒鳴って屋根を下りた。

「後でゆっくり話があるから、家に寄れ」

こう言い残して、折茂は家に戻っていった。

その日の仕事が終わると、瓦製造業の職人が早々と引き揚げていった。大船は自宅から軽トラックで牛舎まで通ってきていた。

「気にしないでこのまま帰ってもらっていいですよ」

小山が気を遣って言った。しかし、顔を出さなければ、どんな報復をしてくるかわかったものではない。小山も未払い分の建設代金に影響するのではと心配している。大船は折茂の自宅を訪ねることにした。「一緒に行きますよ」と小山が言ったが、それを制して大船一人で折茂の家を訪れ、三十分ほど嫌味を聞かされて帰宅した。

翌日、すでに上毛建設の従業員が作業準備を始めていた。

「ご苦労様です」

大船が挨拶しながら、仕事に加わった。

「昨日、ひどい目に遭ったらしいな」

その日から作業に加わったベテラン職人の冨永が冷やかした。

小山から聞いたのか、あるいは渡部から聞いたのか、昨日の出来事をすべて知っていた。

「いや、昔からの知り合いなんで、いびりやすかったんだろうさ」大船が苦笑いを浮かべながら答えた。

十時の休憩が終わった頃、郵便局の配達員が牛舎の横を原付きバイクで通り過ぎた。しかし、すぐに真っ青な顔をして戻ってくると、牛舎の横にバイクを止め、大声で怒鳴った。

「折茂さん夫婦が大変なことになっている。これから警察に連絡する」

こう言ってバイクを急発進させた。

「夫婦喧嘩でも始まったか」冨永が冗談交じりに言った。

しかし、夫婦喧嘩くらいで警察を呼ぶのは穏やかではないし、言ってから思いなおしたのか、作業を中断した。上毛建設の従業員、そして大船ら六人は仕事を放り出して、家に行ってみることにした。

「行ってみるべえ……」

冨永が不安をにじませながら言った。夫婦二人だけで暮らすには大きな家だった。折茂には子供はいなかった。妻の美佐子は男好きのする美人で、このあたりの農家の主婦とはまったく異なった雰囲気を醸し出す女だった。

週に一度は高崎に出て美容院で髪の手入れをしていたし、着ているものも派手で、都内のデパートにまで買いに出かけると噂になっていた。折茂とは三度目の結婚で、以前はホステスだったとか、男関係がルーズだとか、農家の主婦たちの格好の話題にされていた。本人はそんな噂などまったく気にならないのか、水商売の女性にしか見えない化粧をして、その日の仕事を終えて現場の後始末をしている職人の横を、時々自分の車で通り過ぎていった。

折茂も一緒になる前から美佐子の噂を耳にしていたはずだが、折茂本人の性格が災いして、何度見合いしても結婚相手は見つからなかったせいか、結局、周囲の者が気がつくと、美佐子と入籍していたのだ。

玄関前の庭には三波石《さんばせき》が経済力を誇るかのように置かれ、植え込みもよく手入れが行き届いていた。玄関のドアは閉まったままだった。玄関の左横は長い縁側になっていて、アルミサッシの引き戸だった。左隅の引き戸の一つが半分ほど開いていた。

廊下の向こうは障子張りで、ペンキをバケツでぶちまけたように、白の障子紙が真っ赤に染まっていた。障子戸が三十センチほど開いている。

「おい、どうしたい。誰かいねえんかい」

冨永が声を張り上げた。何の返答もなかった。

冨永も、大船も誰もが同じことを考えていたのだろう。顔を見合わせた。

冨永が膝を縁側につけ、障子の中を覗《のぞ》いて見た。そこは寝室らしく布団が敷いてあるのが隙間《すきま》から垣間見《かいまみ》えた。布団が盛り上がっているが、縁側からでは中の様子ははっきりしない。しかし、布団の上にも血らしきものが付着し、どす黒くなっている。壁にもどうやら血飛沫《ちしぶき》が飛散したらしく、すでに黒くなった無数の染みが見えた。

「折茂、俺だ。どうした、入ってもいいか」

大船は大声を張り上げた。やはり返事はなかった。いやな予感が走った。躊躇《ためら》っている他の連中の前で、大船は靴を脱ぎ捨てた。

「入るぞ」

「止《や》めといた方がいい。郵便配達員が今頃、警察に通報しているはずだ」冨永が大船を制した。

「でも、何があったかわからんが、ケガでもしているんだったら一刻も早く病院に運んでやらないと……」

大船は中に入った。障子を開けると、壁、襖《ふすま》、部屋全体に血が飛び散っていた。布団が二組敷かれていて、二組とも人が寝ているように掛け布団が盛り上がっていた。大船は躊躇うことなく掛け布団を捲《めく》った。

「死んでる。警察だ、警察を呼べ」

大船は両膝が折れたように、その場に座り込んでしまった。布団の上で折茂はシャツやズボンを着けたままうつ伏せになっていた。頭部は鈍器で殴られたと思われる傷がパックリと口を開けていた。

美佐子は寝巻き姿で下半身を裸のままうつ伏せになっていた。浴衣《ゆかた》はその色が判別できないほど血を吸っていた。タオルが首の後ろで左方向に捻り絞ったように絡み付いていた。頭部は折茂とは比べようもなくひどい状態で、鈍器で何度も殴られたのか、血だるまで髪は血のりで固まっていた。顔は判別できないほど損傷していた。パンティが裏返しの状態で部屋の隅に投げ捨てられるように放置され、それには血痕は付いていなかった。

大船は電話を探したが寝室にはなかった。隣の部屋につながる襖を開けた。そこが居間らしく六畳間の真ん中に炬燵《こたつ》が置かれ、テーブルの上の急須、湯のみが散乱し、中には粉々に割れている茶碗もあった。炬燵から見やすい位置にテレビが置かれていた。テレビとは反対側の壁にはサイドボードがあり、その上に電話があった。電話を取ろうとして、足に痛みを覚えた。サイドボードのガラスが割れていて、そのガラス片を踏んでしまったらしい。

大船は一一〇番を回した。状況を説明すると、パトカーを急行させていると告げられた。応対に出た警察官からすぐに部屋を出て、現場を荒らさないようにと注意された。大船は言われた通りにした。間もなくパトカーのサイレンが聞こえてきた。

折茂の家はパトカーで囲まれたような状況になり、冨永、大船ら現場にいた全員が一人一人パトカーに呼ばれ、車内で遺体発見の様子を警察官に聞かれた。鑑識課が呼ばれ、現場検証が始まった。

家の周囲の足跡に石膏が流し込まれ、車の轍《わだち》の跡も採取された。家の中の様子は詳しくは見ることができなかったが、テレビドラマで見るような光景が展開されていた。結局、その日帰宅したのは夜の八時過ぎだった。すでにニュースが流れ、事件についてて妙子は知っていた。

翌日の朝刊は社会面トップで報道されていた。折茂には「尖った角《かど》を有する鈍器」によって殴打されたと思われる傷が三カ所あり、死因は頭蓋骨骨折、頭蓋底骨骨折、脳挫傷となっていた。殴打された傷はツルハシで刺したように深く、どの箇所も骨折し、脳挫傷を引き起こしていた。入ったときには気づかなかったが、血痕は天井にまで飛び散っていたようだ。

折茂が腕にはめていた時計はガラスを割られ、長針、短針とも飛散し、事件があったと思われる時刻はわからないが、文字盤の日付が変わる途中で停止していた。

美佐子の傷はさらに凄惨《せいさん》を極めた。脳挫傷の上に顔は判別できないほど損傷していた。しかし、死因は首を絞められたことによる窒息死だった。吉井町警察署に殺人事件捜査本部が設置され、捜査が開始された。

マスコミも群馬県の田舎町に殺到した。大船は唯一人の現場目撃者となり、新聞社、テレビ局の取材が家の前で順番待ちをするような状態だった。大船は何度も同じ話を繰り返し、各局がそれを放映した。その取材が終わると、次にやってきたのは週刊誌だった。

折茂の事件当日の足取りも判明した。大船が折茂宅を訪ねたのが午後五時前後、五時半には折茂のくどさに辟易《へきえき》して家を出ていた。その後、折茂は一人で自宅から自転車代わりに使っているバイクで吉井町の電器店に寄った後、七時少し前に叔母の福留ヨシの家を訪ねている。

新年の挨拶をすませ、そこで一時間ほどご馳走になり、八時半頃に帰宅したようだ。福留がテレビに出て、そう証言しているのを大船も見た。折茂は酒を飲んでいたので、福留は美佐子に迎えにくるように電話をしろと勧めたが、折茂はそれほど酔っていないから大丈夫だとバイクで帰ろうとした。夜になれば県道の交通量は減るが、酒酔い運転の検問で捕まるかもしれないからと福留は何度も美佐子を呼ぶように促した。

「美佐子さんから電話が入ったときに、迎えにくるように言っておけば、あんなことにはならなかったかもしれない……」

福留が涙を流しながら、テレビの取材に答えていた。

結局、折茂は県道を通らないで、畑の畦道《あぜみち》や山道を抜けて帰ると言い残してバイクで帰宅していった。事件は折茂の帰宅後しばらくして起きたと想像された。犯行時間は午後十時から午前零時あるいは午前一時前後ではないかと見られた。遺体発見は翌日の午前十時過ぎで、犯行時刻から発見までそれほど時間があったわけでもなく、事件解決までには時間がかからないだろうと誰もが思っていた。

折茂の家は県道から四、五十メートルほど私道を入ったところにあり、雑木林で遮《しゃ》蔽《へい》され、県道からは家は見えない。行きずりの犯行とは考えにくかった。最初に疑われたのは、美佐子の離婚した二人の元亭主だった。一番目の夫は埼玉県熊谷に住んでいた。すでに再婚し、子供もいた。サラリーマンで犯行当日は明確なアリバイがあり、すぐに嫌疑は晴れた。

二人目の夫に嫌疑が集中した。その夫は指定暴力団の組員で、前科もあったからだ。アリバイもはっきりしなかった。この男とは離婚を巡ってトラブルがあったようだ。美佐子が金づるで、男は離婚を拒否し、暴力も振るっていたらしい。夫婦喧嘩で何度も警察沙汰になり、結局、渋々だが離婚に同意したが、美佐子を怨んでいたらしい。男には殺人の動機が存在した。しかし、この男にもアリバイが成立し、疑いは晴れた。その他にも複数の男が捜査線上に上がったようだが、すべてにアリバイがあった。

小さな田舎町のことで噂が噂を呼び、まるでテレビのサスペンスドラマを観ているように犯人探しが行われた。美佐子が密かに付き合っていた男が他にいるのではないかと、まことしやかに囁《ささや》かれ、ホステス時代の得意客までが話題にされた。警察も必死で目撃者探しに追われたが、決定的な情報は得られなかった。

美佐子の男関係からの線が暗礁に乗り上げると、今度は折茂と関係のあった人間が疑われた。折茂の偏屈な性格を嫌う者は多く、金銭にまつわるトラブルも珍しくはなかった。上毛建設の小山までが警察に呼ばれた。当初は前日の折茂の様子を聞かれただけだったが、日が経つに連れて、折茂と金銭を巡るトラブルがなかったかどうかを、執拗に聞かれるようになった。

小山は正直に、折茂が建設中の牛舎にクレームをつけて、代金を値切ってくるのではないかと心配していたことを告白した。詳しく話した途端に、警察はまるで犯人扱いで、事件当日のアリバイを聞き始めたという。しかし、彼にも家庭があり、その夜は家族と一家団欒《だんらん》を過ごしていた。疑われること自体が心外だと、小山は怒りを顕《あら》わにした。

その話を聞いても、大船は自分が疑われるとは思わなかった。当然、事件当日の出来事を小山は警察に話しただろう。折茂から小言を言われ、帰りに一人大船は折茂の家に立ち寄っている。しかし、事件発生と同時に、大船はその日の出来事や、仕事の終わった後、折茂の家で三十分ほど何度も繰り返して嫌味を言われたと、取り調べの刑事に告げていたからだ。

折茂から激しく叱責されて自宅に戻ったのが、午後六時二十分だった。その後、少し休憩して大船は再び軽トラックで出かけた。出稼ぎに行けば時間の余裕もなくなるので、毎年購入している店に籾《もみ》を取りにいったのである。大船は八時には店を出た。店主も八時頃には、籾を荷台に積んで帰っていったと証言している。

さらにその足で二軒先にある宮崎自動車を訪ねた。中古車代金の支払いが遅れていた。その謝罪と支払方法の相談に行ったのだ。その後八時十分に宮崎自動車を離れて、折茂の家を再び訪ねた。

夕方、仕事帰りに折茂に謝罪したが、あまりの叱責に大船も思わず声を荒らげて反論してしまった。そのことで上毛建設に迷惑をかけると思って、再び謝罪に向かったのだ。折茂は不在だった。家の中で待っていればという美佐子の勧めを断り、また出直すと言って、軽トラックで家を離れた。美佐子の噂は聞いていたので、無用のトラブルを避けるためだった。折茂の家は県道から畦道を少し入ったところにあり、大船は県道付近にまで車を移動させ、九時四十分まで待っても来なかったので、そのまま帰宅した。

十時頃に帰宅したのを妻も家族も見ている。折茂宅と大船の家は車で十数分程度だ。大船が運転する車は、二人の人間に目撃されている。九時五十分頃、収穫した大根を積んだ車が、大船の軽トラックに追い抜かれた。もう一人はその直後の十時頃に軽トラックとすれ違ったとしている。

折茂俊和が裏道を使って帰宅した午後八時半から九時四十分前後まで、折茂の家の近くにいたことは事実だ。しかし、帰宅途中の折茂の軽トラックは二人に目撃されていた。新聞に書かれていた犯行時間帯にはすでに家にいたのだ。すべて事実を警察に証言し、嫌疑がかけられることなどないと思っていた。

その後、何度か吉井町警察署に呼ばれたが、遺体発見までの経緯を繰り返して聞かれただけで、それ以上のことは何もなかった。折茂とのトラブルと言っても、相手が一方的に大船に嫌味を言い続けただけで、大船は意に介していなかった。警察に対しても、二月から都内の地下鉄工事現場で働くので、聴取はそれまでにすべて済ませてほしいと、出稼ぎ予定を告げた。

大船は折茂夫婦を殺した犯人のことよりも、出稼ぎの方が心配だった。経済的にはギリギリの暮らしで、いつまでも家にいるわけにはいかなかった。都内の地下鉄工事現場も、二月一日から働くと建設会社には伝えてある。約束を守らなければ、他のスタッフが採用されてしまうかもしれない。

一月末、大船は上京した。気になったのは宮崎自動車への支払いが、折茂夫婦の殺人事件によってできなかったことだ。東京で働けば残った支払いを一括で済ませられる。宮崎ならそれくらいの猶予はくれるだろうと、大船は考えた。

二月からは東京の飛鳥建設で働いた。臨時採用の従業員の寮は三鷹市にあった。木造モルタル造りの二階建てアパートを全室借り切っていた。大船には二階の一室が与えられた。仕事は二十四時間二交代制で行われ、一週間毎に昼夜が逆転した。大船は週に二、三度は妙子に電話を入れ、子供たちの様子を尋ねた。

二月末だった。妙子の声が重く沈んでいた。

「刑事が来たんだよ、事件のあったあの晩、あんたが何時頃帰ってきたのか、いつもと変わったところはなかったか、そんなことを聞いてくるんだよ。しかも同じことを何度も何度も、くどくどと聞くんで腹が立つのさ」

「放っておけばいい。何もおっかながることはねえ」

大船は妙子を励ますように言った。

「一度帰宅して、あんたが宮崎自動車に支払いの遅れを謝りに行ったんべ。その帰りの時間を聞いてくるんさ」

「十時頃には家に帰っていたじゃねえか。最初から刑事にそう話しているぞ。心配はいらねえ。それに宮崎自動車に行けば、俺が何時に宮崎のところに顔を出し、何時頃帰ったか、わかるべえがな。俺が帰っていくところを見た人間だっている」

「私も刑事にそう言ったんさ」

「そうしたら……」

「あの晩のことは吉井町の人、全員に聞いているから悪く思わんでくれと言ってた」

「そのうち犯人が捕まれば、聞き込みもなくなるべ。それまでの辛抱さ」

こう言って大船は電話を切り、自分の部屋に戻ったが、内心では腹を立てていた。

折茂からいくら嫌味を言われたからといって、殺人を犯すほど自分は愚かではない。それくらい調べればわかるだろうし、近所の連中も自分に疑いを向けるようなことはないと大船は思った。

地下鉄の工事現場で働き始めて二カ月が経過した。寮から現場に向かうマイクロバスの中から千鳥ケ淵の桜が見える。満開で花見客が夕方から集まり始めていた。その横を通り過ぎて、都内の現場に向かって走った。現場に到着し、マイクロバスの中で作業着に着替え、鉄骨が組まれた現場に下りていくのだ。

　バスを降りたとき、見覚えのある顔の男三人に取り囲まれた。男たちは折茂夫婦殺人事件で現場周辺の聞き込み捜査をしていた刑事で、その中の一人は吉井町警察署内で大船から直接事情聴取をしていた。

「わざわざこんなところに来てもらって悪いがよ、これから仕事に入るんだ。明日の朝にもう一度来てくれねえか」

　大船が三人を労《いた》わるように言った。事情聴取をした刑事は胸のポケットから書類を取り出して言った。

「大船亘、詐欺容疑で逮捕状が出ている」

「詐欺……」

　大船は逮捕状にも驚いたが、「詐欺容疑」と聞いて、いったい何が起きているのかまったく理解できなかった。しかし、二人の刑事に大船は両脇から押さえられると、逮捕状を出した刑事によって手錠をかけられてしまった。

「何が詐欺だ。何かの間違いだろう」

「それは吉井町警察署に戻ってからゆっくり聞くから」

　大船は現場近くに待機していたパトカーに乗せられ、そのまま吉井町警察署に連行されてしまった。吉井町警察署に向かう車中で聞かされたのは宮崎自動車への支払いが遅れて、被害届けが出されていたことだ。それが詐欺容疑だった。

吉井町署に到着すると、取調室に入れられた。

「折茂夫婦の事件がなければ、約束通りの支払いはできたんだ。飛鳥建設の給料が入ったら全額払うと、宮崎にそう伝えてくれ」

重松という刑事が大船の前に座った。

「まあ、そういきり立つな」

「支払いが遅れたくらいで詐欺罪になるのか、ふざけるのもいい加減にしてくれ」

大船は怒りを重松にぶつけた。

「その件は後でゆっくり聞くとして、それよりも聞きたいことがあるんだ」

「聞きたいこと……」

訝《いぶか》りながら聞き返した。

「ああ。あの事件があった夜だけど、宮崎自動車に行った後、どうしたのか詳しく教えてほしいんだ」

重松は心を覗き込むような鋭い視線を大船に向けた。

「それは前に何度も話をした。何度、同じことを聞くんだ。それより宮崎に支払うと早く伝えてくれ。被害届を引っ込めれば、自由になれるんだろう」

同級生だからと甘えたのが愚かだったと、自分を責めた。しかし、相談に行ったときには、すぐに了解してくれたのに、どうして被害届など出したのか大船には理解できなかった。重松は詐欺容疑などどうでもいいのか、折茂夫婦殺人事件があった夜の大船のアリバイを執拗に聞いてきた。しかし、いくら聞かれても、答えは以前とまったく変わるところはなかった。その晩、留置場の片隅に身を横たえたのは、午前二時過ぎだった。

翌朝、再び取り調べが始まった。重松も警察に泊まったのか、昨日と同じ格好で大船の前に現れた。詐欺容疑の取り調べが始まると思ったが、重松は昨日と同じように折茂夫婦殺人事件のあった晩の足取りを大船に聞いた。

その執拗さは異様と思えるほどだった。折茂の嫌味を根に持っていたとか、子供の頃から、折茂を怨んでいたのではないかとか、大船が考えてもいないことを何度も繰り返して聞き、詐欺容疑についてはいっさい質問しなかった。大船は別件逮捕され、折茂夫婦殺害の容疑がかけられていたのだ。

逮捕から三カ月、取り調べは毎日、長時間にわたって行われた。それも、署内の取調室で調べを受けた日は少なく、署長公舎、警察官公舎、駐在所公舎などすべて和室のあるところばかりで、正座させられ、手錠をかけられたままで、大船には拷問にしか思えなかった。三カ月間、否認し続けたが、睡眠不足と過酷な取り調べに、精神的に追いつめられ、梅雨の真っ最中に、大船は折茂夫婦二人を殺害したことを自供した。別件逮捕が明らかだったのは、詐欺容疑については取り調べもなければ、起訴もされなかったからだ。

殺害の契機は、美佐子に誘われセックスをしようとしていたとき、折茂が帰宅し、口論になったことだ。

――しばらく居間で話し合ったが、激怒した折茂が台所にあった包丁で切りつけてきた。もみ合いになり左手首を切られたが、刃物を奪い取ることができた。そのとき背後から美佐子が馬鍬の刃で折茂の後頭部を殴りつけ折茂を失神させた。美佐子から止《とど》めを刺すように言われ、折茂の後頭部を数回殴打した。その後、美佐子は自分でセックスに誘っておきながら、すべての罪を大船になすり付けようとしたので、口封じのために殺した。

結局、取り調べに当たった刑事が書いた自白調書に、大船は仕方なく署名してしまった。

第一章　看護師

工藤典子が群馬県藤岡市にあるA総合病院で働くようになって十七年の歳月が流れた。それは典子が離婚してから経過した年数と重なる。それまでは都内にあるN総合病院で看護師として働いていた。離婚後も旧姓の大船に戻さなかったのには理由がある。

事件が起きたのは典子が小学校三年生のときだった。近所の夫婦が何者かによって殺されたのだ。遺体の第一発見者が父親だったこともあってマスコミが連日押しかけてきて、父親を取材していた。それが一転して犯人扱いに変わった。東京に出稼ぎに行っていた父親が別件逮捕されたのだ。近隣住民が大騒ぎしたのを記憶している。

父親は殺人容疑で逮捕されたのではなく、詐欺容疑だった。車の支払いが遅れたという理由だけで手錠をかけられ、地下鉄の工事現場から吉井町署に護送される後ろ姿がテレビ放映された。家族だけではなく、地元の住民なら、逮捕されたのが大船貢と気づいたはずだ。

逮捕と同時にマスコミが再び押しかけてきて母親の妙子を取材していた。家はテレビ局、新聞社、週刊誌の記者やカメラマンに取り囲まれ、二十四時間監視されているような状態だった。中古車代金の支払いの遅れによる詐欺罪も異様だが、詐欺罪の取材でマスコミが押しかけているとは誰も思っていなかった。

警察は別件逮捕で父親の身柄を拘束し、取り調べ初日から殺人についての聴取を始めた。身に覚えがないと否認を続けたが、ついに殺人を認める供述を始めると、マスコミの取材攻勢はさらにひどいものになり、電話は鳴りっぱなしになった。マスコミ各社からの取材もあったが、「人殺し」と怒鳴ったり、「死んで罪を償《つぐな》え」と喚《わめ》いたりする抗議の電話も殺到した。

そうした電話には母親が対応していたが、たまたま家に母も二人の姉も不在のとき、典子が取った。

「二人殺したんだからよ、お前らの家族の二人が首を吊ってちょうど釣り合いがとれる。母ちゃんにそう言っとけ」

相手は上州弁で、典子自身どこかで聞いたことのある声だった。何度もこんな電話がかかってくると、吉井町のすべての人が「死ね」と囁《ささや》いているように思えてしまう。学校にも怖くて登校できなくなってしまった。

「お父さんは何も悪いことはしてねえから、きちんと学校に行け」

母親の言葉に促されて、二女の靖子、長男の芳男と三人で学校に向かった。それまでは道で、顔を合わせれば「しっかり勉強してこうよ」と言ってくれた同級生の親たちまでが、好奇な視線を向けてきた。

学校でも仲の良かった友だちに話しかけても返事さえくれないようになった。中には、「お前のオヤジは人殺しだ」と面と向かって言ってくる男子生徒もいた。多勢に無勢で典子に許された抵抗の手段は、沈黙する以外になかった。

芳男への虐《いじ》めが最もひどく、登校拒否に陥《おちい》り、母親がどんなに説得しても無駄だった。家に引きこもるようになり、外へ遊びに行こうともしなかった。一人中学校に進んでいた長女の祐美は学校での出来事を何一つとして話しはしなかった。話をすれば母親を心配させるだけだと思っていたのだろう。

普段は夫婦殺人事件が話題に上ることなどない。典子が中学校に進んだ頃には、話題にさえならなかった。しかし、それは忘れ去られたわけではなかった。猟奇的な殺人事件が起きてテレビや新聞でそれが報道されると、古いアルバムを捲《めく》るように折茂夫婦殺人事件が口をついて出てくるのだ。その度に典子は癒《い》えかかった瘡蓋《かさぶた》を剝《は》がされるような思いをしてきた。傷口を広げないためには、結局、友人をつくらないのが最善策だった。

典子は地元の高校を卒業し、上京して働きながら看護学校に通った。

看護学校を卒業した典子は故郷に戻らず、都内のN総合病院で働きながら看護師の資格を取得した。自分のことを知るものは周囲には皆無だった。それでも長年の間に染み付いてしまった習性は、環境が変わったからといってすぐになくなるものではない。看護学校でも病院でも友人はできなかった。

買物に行ったり、時々飲みに行ったりする仲間はできたが、心を許す友人はいなかった。ましてや恋人などはできなかったし、つくろうとも思わなかった。だから、工藤亮介という同じ病院で医療事務を担当している会計係から声をかけられたときも、そんなつもりはまるでなかった。

仲間の一人が、典子を群馬県出身だと工藤に話したらしい。ある入院患者が退院することになり、患者のカルテを会計に届けたとき、工藤が突然話しかけてきたのだ。

「大船さんも群馬県の出身ですって。私は高崎出身なんですが、どちらなんですか」

工藤は同県人ということで親しみを感じて話しかけてきてくれたのだろうが、典子にはいちばん触れてほしくない話題であり、脇腹に突然ナイフを突きつけられたように驚いた。「はい」とだけ気のない返事をして、会計室から自分の持ち場へと戻ってしまった。工藤はすべてを知っているのではないだろうかという思い込みで、心臓の鼓動の音が自分の耳にも響いてくるように感じられた。

その後も工藤は典子に折あるごとに話しかけてきた。そんな工藤を避けてきたが、職場の忘年会で同席し、逃げられずに話し相手になった。工藤に吉井町の出身だと告げるのは躊躇《ためら》われたが、逆に奇妙な印象を与えるだけだと思って話すことにした。何も起こらなかった。

「私の故郷とは目と鼻の先の距離ではないですか」

工藤はより一層親近感を抱いた様子だった。吉井町の大船といっても、工藤は殺人事件を想起することはなかった。それでも典子は不安で聞かれたことにしか返事をしなかった。工藤は高校まで高崎市で過ごし、都内の大学に進んだ。二男で、卒業後も高崎には戻らず、N総合病院の経理として就職した。年齢は典子より三歳上だった。

「患者さんから、あなたが優秀な看護師だと何度も聞き、どんな女性なのかなと思っていたら、知り合いの看護師から群馬県出身だと聞かされて、それであなたに関心を持ちました」

工藤は典子に声をかけるまでの経緯を自分で説明した。工藤が好意を寄せてくれているのがわかり安心したが、それ以上の関係にはなりたくなかった。恋愛と呼べるものかどうかはわからないが、それまでにも好きになった男性はいる。しかし、殺人犯の三女だとわかると、相手は典子から離れていった。その経験から工藤にも過度の期待はしなかったし、距離をおこうと思った。

工藤は典子に対して積極的で、食事やデートに誘った。典子は外来患者ではなく、内科の入院患者を担当していた。診療行為は医師の仕事だが、入院患者とはいえ、医師と接触する時間は一日数分程度だ。当然、看護師との時間の方が多くなる。不安を訴えて、頻繁にナースコールのボタンを押す患者も少なくない。そのすべてに対応していたのでは看護師の身は持たない。当然、手を抜くというわけではないが、おざなりにならざるを得ないところもある。

しかし、典子はナースコールがなると、その患者のところに駆けつけた。容態が急変してナースコールのボタンを患者が押すケースもあるが、ほとんどは側《そば》で話を聞いてほしいだけなのだ。時間があればゆっくりと聞いてやることもできるが、日勤でも夜勤でも、そうした時間はほとんどなく看護師は身をすり減らしながら激務に耐えているのだ。それでも典子は可能な限り患者に寄り添った。勤務の後は、帰宅してすぐに泥のように眠りこけるだけだった。典子にとってもその方が、都合が良かった。余計なことを考えずにすんだ。

工藤には典子が献身的な看護師に映っていたのだろう。結局、断ってばかりもいられずに何度か食事や映画に付き合った。工藤が好意以上の感情を抱いているのがわかると、典子は病院を辞める覚悟で胸のわだかまりを打ち明けた。

「私は殺人犯の娘です」

最初、工藤は典子が冗談でも言っているのかと思ったらしい。

「私と付き合うのがそんなに嫌なんですか」

予想外の返事に吉井町の事件を説明した。典子が高校二年生のときに前橋地方裁判所は懲役十五年の判決を下していた。大船貢は法廷では一貫して無罪を主張していたが、その主張はことごとく退けられていた。当然控訴したが、経済的余裕があるはずもなく一家は国選弁護士にすべてを託していた。弁護士から聞こえてくるのは、旗色の悪い話ばかりで、それを考え出すと眠れなくなってしまう。

高裁判決が下りたのは、看護学校二年生のときだった。判決は一審判決と同じで懲役十五年だった。被告側の主張はいっさい顧みられることはなかった。テレビや週刊誌ではすでに過去の事件となり、新聞だけが社会面で扱っていた。しかし、大きく扱った新聞社でも四段記事で、トップ記事にはならなかった。

「病院の激務に文句も言わずに応じているのは、その方が私には気が休まったから。私がいい看護師だというのは間違いです」

すべてを説明すれば、工藤はそれ以上つきまとってこないだろうと思った。典子が心配だったのは、事実が病院内に広まることだった。いくら患者に評判がいいからといって、二人を殺したとされる犯人の娘のケアを喜ぶ患者などいない。病院経営者も辞めてほしいと思うに違いない。

しかし、工藤の態度には変化がなかったし、事実も公にはならなかった。典子がすべてを話したことでさらに信頼されるようになった。以前にも増して積極的にデートに誘われた。病院の職員にも交際の事実が知れ渡り、二人の仲を誰もが認めるようになっていた。

それでも工藤ともいずれ別れが来ると、常に冷めていて熱くなることもなかった。最高裁判決が迫っていると弁護士から聞かされてからは、典子は内心、恋人とデートを楽しんでいる余裕などまったくなくなった。

最高裁の判決日、典子は一人、裁判所に向かった。工藤亮介には何も告げなかった。有罪判決が下れば、工藤の気持ちは揺らぎ、二人の関係を維持するのは無理だろうと内心思っていた。

法廷にいるのは記者ばかりで、傍聴席にいる一般の傍聴者は典子と弟の芳男だけだった。母親はうつ病が悪化し、判決を聞いても理解できるような状態ではなかった。ここで有罪判決が出れば、刑が決まってしまう。典子は祈るような気持ちで無罪判決を祈った。二人の国選弁護人は、冤罪《えんざい》を確信し、無罪を主張していた。

裁判官が法廷に現れると、「起立」という声とともに全員が立ち上がり、すぐに席に着いた。

「判決を言い渡します」

裁判長は法廷を一度見渡した。

「原判決を破棄する。本件を東京高等裁判所に差し戻す」

　記者たちは感電したように席から飛び上がり、法廷から出ていった。彼らも予期していない判決だったのだろう。司法記者クラブに戻り、本社に報告しているに違いない。弁護士が典子の方を向いて、目で合図してきた。典子には何が起きているのか、理解できなかった。

「原判決破棄」とは有罪なのか無罪なのか。典子は判決理由を、メモを取りながら全神経を集中して聞いた。検察の主張にことごとく疑問が提示され、その疑問に明確な立証が行われていないと、裁判長が判決理由を詳細に述べていく。

「被告人の自白については、これが真実であれば当然その裏づけが得られてしかるべきであると思われる事項に関し、客観的な証拠による裏づけが欠けている。その一例として、まず現場遺留指紋の中から、警察に通報したときに付いたと思われる受話器と襖の指紋以外に、被告人の指紋が一つも発見されなかったという点を指摘することができる。次に、被告人の身辺から人血の付着した犯行時の着衣等が一切発見されていないという点も問題であろう。さらに自白に基づく捜査によっても、犯行に使用された凶器が発見されなかった事実も、問題とされなければならない」

　犯行現場からは、父親が殺人に関わったと思われる指紋は検出されていなかった。凶器も発見されていない。犯行現場には殺された二人の血痕がいたるところに飛び散っているのに、どんなに家宅捜査をしても返り血を浴びた着衣などは、大船の家からは発見されなかった。典子は当然だと思った。父が犯人とされたが、犯行時間には父は家にいたし、殺人犯ではないのだ。声を大にして叫んでも、誰も信用してくれなかっただけだ。

裁判長は検察側が提出してきた客観的な証拠についても、その証拠能力に疑問を提示し、信頼性に欠けると、その理由を詳細に朗読していった。

「犯行時刻の特定と被告のアリバイの成否」についても、最高裁は一審、二審の判決を厳しく批判した。司法解剖の結果、折茂夫婦の胃に残されていた内容物の消化具合から導き出された犯行時刻には、大船貢は自宅にいたという事実は家族によって確認されていた。また帰宅途中の大船貢は、第三者によっても目撃されていた。それを一審、二審は無視していたのだ。裁判長の判決理由の朗読は一時間以上も続いた。

閉廷すると、弁護士のところに新聞記者たちが陽だまりのオタマジャクシのように集まってきて、判決について説明を求めた。

「本来なら無罪判決が下りるべきだと思うが、私たちの主張に最高裁が真摯《しんし》に耳を傾け、審議を尽くしてくれたことが今回の判決につながったと評価しています」

典子と芳男の二人が家族だとわかると、二人にも取材陣が殺到した。しかし、二人とも取材を断った。無罪判決が下りたわけではない。あくまでも高裁で裁判をやり直せという判決なのだ。典子も芳男も、被告人の子供だという事実を隠して働いているのだ。

弁護士はすぐに保釈手続きに入った。異例の即日保釈が認められた。弁護士からは、「最高裁も無罪という印象を強く持っている証しだよ」と聞かされた。しかし、典子はホッとした反面、また同じ裁判が繰り返されることに、雨に濡れたコートを羽織ったような気分だった。父親は家に戻ったが、典子は吉井町には戻らなかった。結局、弟の芳男が一人でマスコミの対応に追われていた。

都内のマンションに帰った典子は、工藤に判決の内容を伝えた。

「無罪判決は下りなかったのか」

亮介は落胆した様子だった。

「ええ。原判決破棄で、高裁でもう一度裁判のやり直しです。有罪の判決が出る可能性もあります」

典子は弁護士の説明とはまったく違う言い方をした。

翌日の新聞各紙には「原判決破棄」のニュースが大々的に報道された。その豹変ぶりが典子には信じられなかった。大船貢を犯人と書いた新聞までが、冤罪《えんざい》の可能性が濃厚で、大船貢被告は十三年間も無実の罪で獄中に繋《つな》がれていたと書いた。新聞や最高裁の判決理由の要約を読めば、高裁が無罪判決を下す可能性は大きいことは明らかだった。

当然、工藤もその記事は読んでいた。翌日、工藤は一言だけ言った。

「不当判決だと思う。最高裁が高裁の面子を考えて下した判決のような気がする。悔しいだろうけど、気を落とさず高裁の決断を待ってみよう」

何も言えずに病院のトイレに駆け込んだ。個室に入り、しばらく出てこられなかった。これまで父親のことを話すと、典子の元を去っていく友人がほとんどだった。親しくなった友人に、父親の無実を訴えても、裁判所の判決に誤りがあると言ったり、そう思ったりする者は皆無だった。不当判決と言い切ったのは、工藤が最初だった。落ち込む典子を励ましてくれた。

母親の妙子は精神科病院の入退院を繰り返し、夫の保釈にも感激することもなかった。おそらく夫が戻ったという認識も、母親にはなかっただろう。父親には事実を伝えてあったが、社会に戻り、喜びよりも戸惑いと落胆、失望の方が大きかったようだ。妻は心を病み、事件を苦に長女は中学三年生のときに自殺し、二女は行方不明。その現実にどう対応していいのか、父親はしばらくの間は放心状態で、居間に座ったまま動こうとはしなかった。

典子は夜勤明けや休日を利用して吉井町へ帰り、芳男と交代で、父親を時々散歩に連れ出した。最高裁で差し戻しが決定したとはいえ、一審、二審での有罪判決の影響がすぐに払拭《ふっしょく》されるわけがなかった。外出しても、冷たい視線が注がれているのを感じた。中には裁判で、父親が不利になる証言をした人もいる。彼らは逃げるふうでもなく、じろじろと父親を見つめた。

走りよっていって、最高裁で差し戻しが決まりましたと面と向かって言い放ちたい衝動にかられた。しかし、新聞が冤罪、大船被告の無罪は決定的と書いても、彼らは今でも犯人だと確信しているような視線を向けてきた。そんな視線に耐えながら、荒れ放題になっているわずかばかりの畑を回って帰宅した。

「母さんはどうしている」

「うつ状態がひどくて、なかなか退院の見通しがたたないんさ」

典子もいつの間にか上州弁になっていた。

父親は近所の散歩と妙子の見舞い以外にはすることもなく、何をするでもなくテレビを観たり、新聞を読んだりしながら一日を過ごしていた。静かに過ごしているときはいいが、過去を振り返っているのか、失われた日々をどう取り戻したらいいのか悩み、悔しさからなのか、突然泣き喚き、怒鳴り声を上げた。精神的に不安定になっているのだろうと、典子は思った。

寝ているとき、夢を見ていたのか急に立ち上がり、「わしは無罪だ」と叫び出すときもあった。父親が寝ている部屋から泣き声が聞こえるので、襖を開けると、布団の上で背中を震わせながら男泣きしていた。

　母親は家族の問いかけに反応もしなくなり、症状は悪化しているように感じられた。ようやく母の妙子が家に戻ったとき、父親はかいがいしく身の回りの世話をした。その方が気が紛《まぎ》れるのだろう。

　しかし、その母に大腸ガンが発見された。すでに末期で半年後に亡くなってしまった。最高裁判決から一年も経っていなかった。母親方の親戚数人と、父、それに弟と身内だけで葬儀を行った。二女の靖子は依然行方がつかめなかった。新聞やテレビ、雑誌で父親のことは大きく報道されている。父親が保釈されたのはわかっているはずだ。それにもかかわらず連絡を寄こさないのは何故なのだろうか。

　父親は喪失感にさいなまれ続けた。端で見ていても、痛々しいほどだった。人間関係の煩わしさがないと芳男が選んだ仕事は長距離トラックの運転手だった。家にいる時間も少なく、いても睡眠を取っている方が多かった。身の回りの世話をやくのは、必然的に典子の役目になった。東京から車で帰るが、夜勤明けなどは疲れきっていて、ゆっくり話し相手になってやる余裕はなかった。

　しかし、保釈から二年目の春頃から、父は肥料や種子の買い付け、農業専門誌を購入するために前橋や高崎にまで出かけるようになった。父親の前向きな姿勢に、一条の光が差し込んだような気分だった。典子も胸につかえていたものが落ちた感じがした。

荒れ放題になっている畑に出て農作業を少しずつやるようになった。春の暖かい日差しを浴びながら、枯れた雑草を引き抜き、畑の隅に集めて燃やしている。もうすぐ畦道《あぜみち》にスミレやタンポポが芽を出す。父親が畑で働く姿を見たのは何年ぶりなのだろうか。典子は思い浮かべてみるが、十五年も前のことで父が母と一緒に働いている姿を思い出せない。過ぎ去った歳月、奪われたものを考えると、すべてが虚《むな》しく思えて何も手につかなくなってしまうのは典子も同じだった。

病院で働いていても、覚醒剤依存症患者のフラッシュバックのように、過去の記憶が蘇《よみがえ》ってきた。それは典子の意思ではどうすることもできないほど突然に襲ってくる。小児科を通りかかり、診察室で注射を打たれ、母親にしがみつくようにして泣いている子供を見たり、新宿の繁華街を歩きホームレスがふと目に留まったりすると、急に悲しみに包まれ、涙が止まらなくなってしまうのだ。

父親が無心で働く姿を見て、この日も典子は涙が溢れ出し、父親に見られまいとハンカチで拭った。

「お父さん、昼ご飯の用意ができたけど……」

父親が鍬《くわ》を振り下ろす手を止めて、典子の方を振り返った。

「もうそんな時間になるのか」

無為に獄中につながれていた父にとっては、一日どころか一時間があっという間に過ぎていくように感じられるのだろう。汗を拭きながら近づいてきた。

「野菜とサトイモ、ジャガイモくらいは家で食う分は畑で作ってみるつもりだ」

「あんまり無理をしなくてもいいわよ」

「作り方くらいはまだ覚えているさ」

父親が楽しそうに笑った。

父親はどこか小さな建設会社で働きたいと言った。父親の意識は逮捕された日のまで止まってしまっていた。もうすぐ還暦を迎える高齢者が働ける場などほとんどなかった。それに大船貢の名前を出して働ける会社が地元にあるとは思えなかった。

「お父さんは畑で野菜を作ってくれたらそれでいい。私も芳男も働いているし、それなりの貯金もあるからさ」

父親は弁護士との打ち合わせで外出する機会もあったが、次第に自分なりの生活を取り戻していると、典子には思えた。弁護士から聞かされる話も、無罪判決をかなりの確率で勝ち取ることができるだろうという明るいものだった。

仕事柄、父親の健康には気を遣い、定期診断を受けさせていた。獄中につながれていた分、父には長生きしてほしいと典子も芳男も思っていた。母親のガンのこともあり、ガン検診は欠かさなかった。心電図に不整脈が確認された以外はこれといって問題はなかった。肝臓も正常で、糖尿病などもまったく心配はなかった。

父親は畑仕事も無理をするわけでもなく、長期間にわたる拘禁生活で弱っていた体のリハビリになると典子は考えていた。真夏の農作業で赤銅色に日焼けしていた。昔のような逞《たくま》しい農民の顔になっていた。秋の収穫を目前に控え、すべてが順調で収穫を楽しみにしていた。東京と実家との間を月に二、三度往復する日々を典子は続けた。

東京高裁が無罪判決を下したのは、最高裁の原判決破棄から三年目だった。貢は新聞やテレビの取材に誇らしげに答えていたが、典子も芳男も何の感慨もなかった。父親を殺人犯と書きたてた新聞や雑誌、父親の映像を繰り返し放映したテレビ局までが、以前の報道などまるで忘れ去ってしまったかのように平然と取材をしていた。

そのニュースによって二女の靖子が名乗り出てくれることだけを期待したが、それもむなしい願いだった。無罪判決の報道も一瞬のことで、父親も典子もいつもの生活にすぐに戻った。

東京高裁の判決から半年が経過しようとしていた。まだ残暑は厳しかった。典子が夜勤に出ようと自宅のマンションで準備をしていたときだった。弟から電話が入った。気分が悪いと畑から戻り、父親がそのまま崩れ落ちるように玄関にしゃがみこんでしまったらしい。関越自動車道を制限速度をはるかに超えた速度で実家に戻った。

「少し休めばよくなる」

と布団に横になっていた。しかし、症状を見てすぐに救急車を呼び、高崎市の病院に搬送した。

救急車の中に典子も一緒に乗り込んだ。父親にはすぐに酸素吸入器が口にあてがわれた。マスクの下から父親が懸命に何かを話しかけてくる。

「お父さん、後で聞くから」

典子は救急隊員と一緒になって、脈を取ったり、血圧を測ったりしていた。

「典子」

父親がはっきりした声で呼んだ。苦しそうに口をぱくつかせて、何かを訴えている。

血圧測定を救急隊員に任せ、口に耳を近づけた。微《かす》かな声で聞き取れない。

「血圧が下がっています」

救急隊員の口調で、危険な状態にいることが伝わってくる。

「何なの、何が言いたいの」

看護師としての経験から、もしかしたら最悪の事態を迎えるかもしれないという予感が典子にはあった。父親の最期の言葉になるかもしれないと思い、一言も聞き漏らすまいと耳を近づけた。救急車のサイレンの音が邪魔をして、聞き取りにくい。それでも典子は一言聞くと、その言葉を大声で繰り返した。すると父親は首を縦に微かに振って頷《うなず》いた。何度かそんな会話を繰り返し、病院に着くと同時に意識を失った。心《しん》筋梗塞《きんこうそく》を起こしていた。

ＩＣＵに運び込まれ、すぐに応急処置が取られたが、父親はあっけなく死んでしまった。芳男に大至急病院に来るように伝えたが、弟が病院に着いたときには霊安室のベッドに父は横になっていた。あまりにも唐突過ぎる死に、典子は涙も出なかった。

父の葬儀は母のときよりさらに寂しいものだった。茶毘《だび》にふされる間、待合室には典子と芳男しかいなかった。

「何のための人生だったんかなあ」

芳男がお茶をすすりながら呟《つぶや》いた。「最初のうちは警察や適当な証言をした連中を怨んでいたけどよ、本当に許せねえのは真犯人だ」

普段は無口な芳男だが、怒りを滲《にじ》ませながら言った。

「犯人は今頃、どうしているんかねえ。時効は成立しているし、自由に生きているんかねえ」

典子にも払拭しようのない真犯人への憎悪は残っている。

四人の子供の親になり、事件さえなければ今頃は孫に囲まれて楽しい生活を送っていたかもしれない。誤認逮捕で人生の歯車は完全に狂わされてしまった。家族が崩壊したと言っても過言ではない。父親が無罪判決を聞いてから亡くなったことがせめてもの慰めだった。この事実を真犯人に突きつけ、贖罪《しょくざい》と悔恨《かいこん》だけで、残りの人生からあらゆる楽しみを奪い、血の海をのた打ち回るような人生を送らせたいと思う。

しかし、それも相手に良心があればの話で、そんな良心がないから今日まで自首もせずに、父に罪を被《かぶ》せたまま生きてこられたのだろう。そう思うと無力感に陥る。

「そんなろくでなしに、いい人生があるわけがねえ」

芳男が吐き捨てるように言い放った。

典子は特定の宗教を信じているわけではない。地元では多くの人が日蓮宗を昔から信仰している。大船家も日蓮宗の寺で葬儀をしてもらった。子供の頃、悪いことをすると、父も母も、「お天道様の下を歩けねえようなまねはするな。そんなことをすればお天道様のバチがあたる」と口癖のように言っていた。

もし犯人が生きているのなら、バチをかぶり手負いの獣のようにハンターの影におびえ、傷口から常に血膿《ちうみ》を流しながら逃亡するような人生を送っていてほしいと思った。そうでなければ道理が通らない。

父親が亡くなり、典子は積年の重荷から解放されたような気がした。工藤が望んでくれるのであれば、結婚を真剣に考える余裕もできた。結局、工藤の強引さに押し切られるようにして二人が結婚したのは、父親が死んだ翌年のことだった。典子は結婚式など晴れがましいことはいっさいしたくなかった。工藤の両親にどこまで告げるか悩んだが、工藤本人にそれは任せた。事実を知れば、工藤の両親が反対するのは明らかだ。

挙式はせずに両家の家族が集まり、食事をするだけの簡素な結婚式にした。工藤の両親が訝《いぶか》ったが、二人の仕事が多忙で式を挙げる時間が取れないと説明した。

「いずれ式を挙げるが、とりあえず入籍をするために、身内で結婚式の真似事だけでもしておきたいから」

工藤は自分の両親にこう説明して納得してもらったようだ。

工藤家は両親、それに長男夫婦、妹が出席したが、大船家は典子と弟だけだった。工藤の両親がどう思ったのか気になったが、「心配ない」と、そのときには何事もなく終わった。

典子はいい伴侶に巡り会えたと心底から思った。夫としても工藤は申し分なかった。典子の仕事がいかにハードなものかを知っていた。夜勤明けで帰宅する典子のためにできる限りの家事も負担してくれた。子供はしばらくつくらないで、家を購入するために貯金をし、マイホームを手に入れてから子供をつくろうと二人で話し合って決めた。典子が恐れていたことなど何も起こらなかった。夫の実家も二男の嫁として典子を受け入れてくれた。

大船貢の殺人事件を群馬県どころか日本中の人が知っていて、非難しているように感じられた時期もあった。吉井町で暮らしていた頃は、世間の視線が常に気になった。大船典子と名乗っただけで、自分は夫婦殺人の犯人、大船貢の三女だと知られてしまうのではないかと、長い間、周囲の冷たい視線に脅えてきた。結婚で姓が変わったとき、体中の筋肉が弛緩《しかん》するような安堵《あんど》感に包まれたことを覚えている。結婚によって、それまで引きずってきた重荷と決別できるのではないかとさえ典子には思えた。しかも、事件から十八年も経過している。記憶している人間は、被害者の家族、親戚、それに犯人の家族にされた大船一家くらいで、人々の記憶はすでに風化していた。

しかし、それが大きな誤りだったと思い知らされたのは、結婚から二年目だった。新年の挨拶に工藤の実家を訪ねた。工藤の父親は地元で教員を務め、すでに退職していたが、教育委員会、教職員関係者との幅広い付き合いは以前のままだった。

東京の自宅に戻ろうとしたときだった。義父が何気ない口調で聞いた。

「典子さん、気を悪くしないで聞いてほしいんだが……」

「何でしょうか」

平静を装っているが、背筋に嫌な予感が走る。

「典子さんのお父さんの件なんだけど、亡くなられているんですよね」

義父は確かめるように聞いた。これまでの経験で、義父の知りたがっていることはすぐにわかった。典子が大船貢の三女かどうかを知りたいのだ。典子はいずれこうしたときが来るだろうと思っていた。夫は、事実を明かせるようになったときに話せばいいと言っていた。しかし、吉井町と高崎市は車で数十分の距離だ。隠し通せるはずがない。

「申し訳ありません」

典子の言葉に、義父の顔に脅えとも怒りともつかない表情が滲《にじ》む。

「どういうことですか」

「お義父さんは、私の父が大船貢かどうかを知りたいのではありませんか」

今度は義父が一瞬口ごもった。

「いや、昔の友人が調べた方がいいというもので……。大船貢の娘に典子という女性がいたそうだ」

「私は大船貢の三女です」

「やはり」

こう言ったきり義父は自分の部屋に入ったまま出てこようとはしなかった。

典子は夫に一部始終をすぐに伝えた。夫はすぐに義父の部屋に入ったが、激しく怒鳴る義父の声が響いてくるだけだった。

「この親不孝者が」

「典子が悪いわけではないし、それに無罪が確定している」

「出ていけ」

夫は真っ青な顔をして義父の書斎から出てきた。

「ダメだ。話にならない」

結局、正月早々、不愉快な思いを引きずりながら都内のマンションへ帰った。関越自動車道では二人とも無口になった。

夫の亮介は、両親を説得しようと懸命だった。教育界一筋に生きてきた義父は、自分の息子が世間を騒がせた大船貢の娘と結婚している事実を受容できなかった。時々、かかってきていた義母の電話も途絶えてしまった。

最初のうちは気にすることはないと、夫は典子を気づかった。しかし、義父母の怒り方は尋常ではなかった。亮介は休日には一人で高崎に向かった。帰宅した夫は擦《す》り切れた靴底のように疲れ切っていた。どんな様子だったのかを聞いても、話をするのも億劫《おっくう》だという顔をした。

それとなく聞いても、夫は不機嫌になるだけだった。次第に苛立ちを典子にぶつけるようになっていった。

「どうなさりたいんですか」

典子も人ごとのように、亮介に尋ねた。怒りも恨みももはや消失していた。

「離婚した方がお互いのためだな」

亮介が言った。

病院では夫婦として振る舞っていたが、家庭内離婚は病院内にも知れ渡っていた。そんな生活に疲れ切った。ただ亮介を恨まずに別れられるのは、大船貢についていっさい語らなかったことだ。考えようによっては、亮介自身の保身のためとも考えられたが、やはり夫婦関係が破綻《はたん》してからもこの秘密を明かさないでいてくれた点には感謝した。

事実上、結婚生活は三年間で、破綻していた。離婚後、二人が同じ病院で働くのは困難だった。

「俺がどこかに移ろうか」

最初は亮介が新しい職場への転職を考えていた。しかし、離婚後は典子が吉井町に戻り、藤岡市のA総合病院で働くことにした。世話をしてくれたのは亮介だった。A総合病院の院長と個人的に知り合いで、すべてを知った上で採用すると言ってきてくると亮介が説明してくれた。地理的にも自宅から通勤圏内で、典子の事情を考えて探してくれたのだろう。亮介の好意を素直に受けることにした。

「姉ちゃんも自分の生活を考えて再婚するなり、いい相手をみつけなよ」

　芳男が心配してくれたが、典子は再婚など考える気持ちはなかった。何も考えたくなかった。結局、その後再婚もせずに、看護師を続けてきた。仕事に没頭していれば、余計なことは考えずにすむ。

　典子はA総合病院ではもうベテランの域に達し、医師たちからの信頼も厚かった。そんなある日、沼崎院長に呼ばれた。

「実はあなたの意見を聞いてからの方がいいと思って来てもらったんですが……」

「なんでしょうか」

「こんどホスピスとはいかないまでも緩和ケア専門の病棟を設置する件は知っていますね」

　A総合病院では、ガン末期患者のための病棟を設け、一般病棟とは区別してケアに当たる計画が進められていた。

「ナースは誰でもいいというわけにはいきません。できることならあなたにもスタッフの一人というか、看護師の責任者として加わってほしいと思っています」

　典子は緩和ケア病棟の看護師長候補に選ばれているらしい。ターミナルケアには常々関心を抱いていた。限られた時間をどう生きるのか、患者に寄り添いながらサポートするのも医療の果たす役割の一つだ。思い通りの人生を送れなかった父のことを思うと、こうした異動も典子には因縁めいて感じられた。断る理由はなかった。
「私で良ければぜひ、やらせてください」典子は即答した。
こうして典子は緩和ケア室担当の看護師長となった。

第二章　緩和ケア

緩和ケア病棟には三階のフロアーがあてられた。どの部屋も南向きで、春の柔らかい日差しが純白のレースのカーテン越しに注ぎ込んでくる。病室は個室か、二人部屋、四人部屋でも個室ほどではないにしろ、患者自身が自分の思い通りに残された時間を過ごせるようにスペースも広く、プライバシーが守られるようにアコーディオン式のカーテンで仕切られている。

この病棟に入ってくる患者は、例外なく余命宣告を受けている末期ガン患者だ。五十代半ばから七十代までが多く、中には四十代あるいは八十代の患者もいる。患者にはそれぞれ担当の看護師が決められ、治療方法、症状について医師に聞きたいこと、相談したいことを取り次いだり、様々なケアの相談を受けたりできるシステムが組まれていた。

緩和ケア病棟に勤務するようになり、それまでは気にしないように努めてきたが、典子自身、自分で思っている以上に深い心の傷を抱えていることを、改めて思い知らされた。末期の大腸ガンだった四十代半ばの金城徹を担当したときだった。妻と二人の女の子に囲まれ、残された時間を家族とともに過ごしていた。短い期間だったが、自宅に戻り家族と一緒に旅行をしたり、キャンプを楽しんだりすることもできた。

やがて再入院し、転移した肝臓ガンからくる痛みは激しく、モルヒネを投与して極力抑えているが、次第に効力が失われていく。二人の娘も、日に日に衰えていく父親の様子に言葉を失い、見舞いに来てもベッドの隅で恐々と見つめているだけだった。

金城自身も自分に死期が迫っているのは悟っていたのだろうが、そのことには触れず娘のことばかりを案じていた。

「穂乃香と菜々子が困ったときには、力を貸してやってくれ」

自分の兄弟や親しい親戚に話しかけていた。

それから数日後、ナースセンターでカルテの整理に追われていると、金城の部屋からナースコールがかかった。駆けつけると、二人の娘にはさまれて、金城はいつになく穏やかな表情を浮かべていた。

「どうされましたか」

金城の妻はハンカチで顔を覆っていた。

「皆、ありがとうなあ」金城は静かに笑った。

その直後、溜め息とも短い呻《うめ》き声ともつかない声を上げ、静かに目を閉じて自分でゆっくりと体を後ろに倒した。典子は宿直医を呼んだ。

金城に直結したモニターに目をやる。心拍数、呼吸数、血圧がさがる一方だ。

「金城さん」

宿直医の呼びかけに、まったく反応しなかった。

「残念ですが……」

金城徹は臨終を迎えた。

「どうされますか」

確認するように宿直医の溝口が聞いた。

妻は黙って首を横に振った。これ以上の延命措置は取らないとすでに話し合ってい た。二人の娘もそれなりに父親が死を迎えるのは理解していただろう。しかし、実際に父親が自分の目の前で生命を終えるのを目撃し、そのショックで体を震わせ、ただ泣くばかりだった。

「そんなに大きな声で泣かないの。お隣の患者さんに迷惑がかかるでしょ」

母親が諌《いさ》めたが、二人は泣き止まなかった。

しばらくは家族だけにしてやろうと、典子は個室を離れた。廊下に出た瞬間だった。これまでに患者の死を数え切れないほど見てきている。死を悲しむ感覚が次第に麻痺《まひ》していくような恐れさえ抱いたことがある。それなのに涙が急に溢れ出し止まらなくなってしまった。さらに手まで激しく震えているのだ。

父親が逮捕されたときの精神的ショックが原因ではないかと、自分でもおよその診断はついていた。しかし、専門医の診断を受けてはいない。正式に精神疾患と診断されたら、看護師の仕事は続けられなくなる。それに仕事に支障をきたすほど重度ではなかった。ただ、感情のコントロールができなくなり、第三者が見れば、過剰とも思える悲しみ方をしてしまうのだ。

典子はトイレに駆け込み、個室に入った。これまでの経験から泣くのを堪《こら》えようとしても逆効果だというのはわかっていた。泣くだけ泣いてしまえば、平静に戻れる。時間にして二十分くらいだとは思うが、典子には一時間にも二時間にも感じられた。平静に戻り、顔を洗ってから金城の病室に戻った。

こうした感情失禁の発作は、父親の死に直面した子供たちを見ているときに頻繁に起きた。

典子の仕事は、金城だけではなくほとんどの患者が亡くなった時点でその役割を終える。患者が回復して自宅に帰るということはない。家族に囲まれて、自宅で最期を迎えたいという患者もいる。そうした患者に対しては、A総合病院と協力関係にある連携医療機関の開業医に往診してもらい、可能な限り入院しているのと同じ治療を受けられるようにターミナルケアの環境を整えている。

地域医療としてこうしたターミナルケアを展開するA総合病院のやり方は、地域で暮らす人たちに次第に浸透していった。藤岡市を中心に富岡市、高崎市、前橋市、伊勢崎市、多野郡だけではなく隣接する埼玉県本庄市からも患者が緩和ケア病棟の存在を知って、入院を希望してきた。緩和ケア病棟で体力を回復した患者の中には、自宅に戻り、家族と残された時間を過ごす者もいた。最期を迎えるときの人間模様は実に様々だった。

典子が患者と接するのは、数カ月から一年くらいで、それも毎日顔をつき合わせるわけではない。しかし、患者と患者を取り巻く家族、見舞いに来た友人らを見ているとその患者がどう生きてきたのかがわかるような気がする。逆に家族から見放され、たった一人で晩年を送る患者もいる。そうした患者も緩和ケア病棟への入院を希望した。

ケアに苦労するのは孤独な患者に多かった。積年の苛立ちを看護師にぶつけてくるからだ。通常であればコントロールできているはずなのに激しい痛みを訴えてきた。ガンからくる痛みよりも、心そのものが病んでいて、それが痛みとなって表れてきているように典子には感じられた。

病院はケアしにくい患者を典子の担当に回した。病院は典子を献身的で優秀な看護師として高く評価していた。眉をひそめたくなる患者に対しても典子はまるで家族のように接した。入院当初はどう振る舞っていいのかわからずに患者も静かにしている。しかし、一週間も入院していると要領もわかってくる。同時にストレスもピークに達する。家族のようにケアをしていても、病室どころか、廊下にまで響く声で怒鳴られる。家族のように献身的であればあるほど、容赦《ようしゃ》のない叱責を受ける。

典子はそれでも嫌な顔をせずにケアを続けた。強がる患者ほど孤独で、内心では迫ってくる死に脅えていた。同僚や後輩の看護師から、何故そんなにやさしくなれるのか尋ねられた。確かに他の看護師が腹を立てるような患者にも典子は自分の感情を表に出さなかった。

それには父親のことが大きく影響していると思っている。十三年も父親は拘置所生活を強いられ、父親に対して十分な親孝行ができなかった。献身的なケアはその代償行為だったのかもしれない。

金城徹と入れ替わりに入院してきたのは箱崎聡一郎だった。離婚して高崎市内のマンションで一人暮らしをしていた。元中学教師で、最初の印象は温厚そのものだった。肺ガンで、壁から伸びてくる酸素吸入のカニューレ（管）を鼻に繋《つな》ぎ、時間さえあれば本を読んでいた。ベッド横に備えられたサイドボードには、本が堆《うずたか》く積まれていた。

緩和ケア病棟に入院するときは、差し支えのない範囲で、家族構成、宗教、職業、趣味などのプライバシーにかかわることを質問している。箱崎が無宗教で、離婚し一人暮らしであるという事実は緩和ケア病棟の看護師全員に知らされている。そうした個人情報も末期ガン患者のケアのためには必要なのだ。

箱崎は茶系統のパジャマを着て、気分転換に面会室に行っては外の風景を眺めていた。五月になると遠くに見える榛名山《はるなさん》が緑におおわれていく。箱崎からは孤独の陰りも、死への恐怖も感じられなかった。きっと充実した人生を送ってきたのだろう。

「若い頃はトレッキングシューズを履き、GPSを片手に山歩きをするのが好きでしたが、年とともに読書に費やす時間の方が多くなりました。死ぬまでにできるかぎりたくさんの本を読んで、たくさん映画を観ておきたいんだ」

読書の他に映画鑑賞が趣味らしい。

箱崎は法学部出身で、学生時代は司法試験合格を目指し、弁護士になるのが夢だったらしい。しかし、その夢は実現しなかった。中学校の教壇に立ち続け、社会科を教えてきた。

「身近な法律の話を授業でするとと生徒の受けは良かったですよ」

たくさんの生徒を教え、教頭にも校長にもならず、出世とはおよそ無縁の教師生活を送ってきたという。看護師の立場からすれば最も手のかからない患者で、苦情をこぼす看護師は誰一人としていなかった。

しかし、一カ月もすると、ほとんどの看護師が疑問を口にするようになった。いくら離婚したからとはいえ、箱崎には二人の子供がいた。すでに結婚し孫も生まれているという。それなのに一回も見舞いに顔を見せない。兄弟もいれば甥《おい》や姪《めい》もいるはずなのに、親戚も誰一人として顔を見せなかった。そればかりか教員仲間、教え子も来ないのだ。

一度だけ病室を覗いている若い女性を見かけたことがあった。病室の入り口に四人のネームプレートが掛けられている。彼女はそれを凝視していたが、その後は患者の顔を確認するように部屋の中を見ていた。そこに通りがかった典子が話しかけた。

「どなたかをお探しですか」

声をかけられ、その女性は一瞬驚いた様子だった。

「いいえ、いいんです。散歩していただけなんです」

その女性はナイキのジャージー姿だった。彼女も入院している患者なのだろう。

結局、入院していた一カ月の間に、箱崎には一人も見舞いが来なかった。そんな患者は典子も初めて経験した。

いつ離婚したのか、一人暮らしが長かったせいなのか、孤独には慣れているのかもしれない。入院生活で体力を回復すると、退院して自宅で過ごしたいと溝口医師に申し出た。余命宣告を受けた患者が一人自宅で過ごすことなど、考えただけでも大変だと思うが、本人がそれを望む以上、病院側も止める理由はなかった。

典子は主治医の溝口から、箱崎が一人で暮らせるように医療機器の使用方法を説明するように命じられた。箱崎は自分の症状を医師から聞き、医師と相談の上、抗ガン剤についても自分の考えを通した。多少の延命効果が期待できても、強い副作用のあるものは投与を拒否していた。

それに代わるものとして、化学療法と同時に漢方薬に詳しい医師の治療も受けて、漢方薬を処方してもらっていた。副作用に苦しみながら延命するより、穏やかな漢方薬で進行を少しでも遅らせながら好きな本を一冊でも多く読みたいと、その理由を語っていた。

典子は自宅で酸素が吸入できるように酸素ボンベ、そして外出用の携帯用の酸素ボンベの使用方法を説明した。

「携帯用の酸素ボンベがあれば、近くのコンビニやスーパーマーケットに買物に行けるね。それに本屋で時間を気にせずに新刊本を探し、レンタルビデオ屋さんも回れる」

箱崎は嬉しそうだった。

「病院ではテレビを観ることはできても、ビデオまでは観られませんからね。退院したらたくさん観てくださいね」

　典子はもう一つ重要な説明をした。それは高崎市内で開業している連携医療機関の紹介だ。

「入院するほどではないけど、少し体調が悪いといった場合、連携医に相談してもらえれば、往診も可能です。箱崎さんが希望されれば、紹介状をこちらから直接連携医に伝えることも可能です」

「ぜひ、お願いします」

　典子は箱崎のマンションに最も近い距離にある深沢クリニックのパンフレットを手渡した。

「この病院はちょっと……」箱崎は口を濁した。

　過去に何か嫌な思いを経験したことがあるのかもしれない。典子はすぐに違う病院を紹介した。

「矢口医院も距離的には、ご自宅から離れていませんが、こちらの病院はどうでしょうか」

「こちらの病院をお願いします」

　ホームドクターはこうして決定した。

　箱崎の退院の前日、典子は夜勤だった。箱崎は几帳面な性格のようで、必要なものだけを残し、あとは段ボール箱に詰めて宅配便で送っていた。自発呼吸の弱くなった箱崎にとっては、四、五冊の本を運ぶのも苦しいはずだ。

「明日は携帯用の酸素ボンベをキャリーに載せて、タクシーで帰ります」

その夜の午前三時過ぎだった。箱崎からのナースコールだった。他の患者は熟睡していた。箱崎は病室を入ってドア横の右端のベッドに寝ている。四人部屋では消灯後は、ベッドをL字型にカーテンで囲み、プライバシーを守るようにしている。ベッドに特設された枕元だけを照らすライトが灯されていた。

「どうかされましたか」

「少し苦しいけど、酸素はいつも通りでしょうか」

箱崎は寝苦しさを訴えていた。典子は酸素濃度を示すメーターを確認した。

「昼間と同じですが……」

「そうですか。退院で興奮しているのか、汗をかいたようなので、下着を替えたいのですが手伝ってくれますか」

箱崎は着替えどころか洗濯も洗面所に置かれた洗濯機で自分でしていた。下着の交換の介助をしたことは一度もなかった。

「下着はどこにありますか」

「サイドボードの上の引き出しに一組だけあります」

引き出しには、下着一組にタオル、ハンカチ、靴下などがきれいに畳まれていた。

典子は下着を取り出した。箱崎はゆっくり体を起こし、足を投げ出してベッドの縁《ふち》に座った。

「タオルを取ってください」

典子がタオルを渡すと、箱崎は額や顔を拭った。典子はパジャマのボタンを外し始めた。箱崎はタオルをわきに置くと、正面に立つ典子の腰に手を回した。ボタンを外すたびに体が左右に動かないようにするために、腰を触っているのだと思った。典子はいつもうす化粧で、童顔のせいなのか三十代後半から四十歳くらいによく間違われた。病院の一部の医師しか典子の過去を知らない。その他の医師、看護師は独身で仕事一途に生きてきたベテラン看護師だと思っていた。

ボタンをすべて外し、典子は箱崎の右手を腰から取って、パジャマの右袖を脱がした。その右手がすぐに腰に伸びてきた。左袖口を脱がし、箱崎はランニングシャツ一枚になった。シャツの裾《すそ》をパンツから引き上げ、万歳をさせるような格好をさせてシャツを脱がした。ランニングシャツは汗を吸ってはいなかった。

典子は新しいシャツをすぐに着せ、パジャマを再び着せた。その間にも箱崎の両手は腰を触るだけではなく、尻を撫《な》で始めた。このくらいで驚いていたのでは看護師は勤まらない。ふいに尻を触ったり、胸を触ったりしてくる男性患者など、これまでにも何度か経験していた。それに騒いだところで、腰に手を回したり、触ったりする行為はいくらでも言い訳がつく。死を前にした患者が、まさか痴漢行為をするなどとは、誰も思わないだろう。

平然と下着を替えていく典子の表情を、箱崎は小さなランプの明かりを頼りになめるように見つめている。典子は努めて冷静に振る舞った。パジャマのズボンを脱がすために、身を屈《かが》めて、箱崎の腰に手をあて、ズボンを引き下げようとした。

箱崎は典子の背中に手を回し、引き寄せた。突然のことで典子は箱崎に抱きしめられるような格好になってしまった。それでも無言でズボンをずり下ろした。

「アッ」

典子は叫び声を飲み込むようにして小さく呻いた。箱崎は下着を着けていないばかりか、男性自身を勃起させていた。箱崎は故意に腰、尻を触り、勃起した男性自身を見せて典子の反応を観察していたのだ。

「後は自分でしてください」

典子はこう言い残して部屋を出ていった。

翌朝、問診、検温、血圧測定をした。いつもなら挨拶や軽い冗談をどちらからともなく交していたが、退院の日の朝はお互いに一切口もきかなかったし、視線も合わせようとしなかった。常に温和な態度しか見せなかった箱崎だが、やはり末期ガン患者の一人で、理解を超えた心の闇を抱えているのだろうと思った。

箱崎の退院から一週間もしなかった。昼休みに職員専用の地下食堂でコーヒーを飲んでいると、同僚の竹芝美津子が妙な噂を聞きつけて、典子に話しかけてきた。患者のプライバシーを話題にし、院長から何度となく注意を受けていた看護師で、典子は特に距離をおいて付き合っていた。幸いなことに内科外来に所属し、典子と接触する機会は少なかった。

「ねえ、工藤さん、知っていました?」

竹芝はスクープを報道するテレビリポーターのような顔をしている。

「えっ、何のこと」

「知らないんですね、あの箱崎さんという患者の評判を」

いつもの典子なら、何か理由を作って席を立っていたが、その日は違った。あのときの異様な箱崎の行為は脳裡《のうり》から消えてはいない。

「私からって絶対に言わないでくださいよ」

これが竹芝の口癖なのだ。

「箱崎さんってM教員なんだって」

「M教員って……」

典子は初めて聞く言葉だった。

「問題教員のこと。荒れる生徒を指導できなくて学級崩壊させたり、暴力を生徒に振るったり、教育委員会で問題ありと判断された教師で、箱崎さんもその一人だって」

「校長、教頭にもならないで社会科の教師一筋でやってきたっておっしゃっていたけど」

「教師一筋には違いないけど……」

竹芝の話はこうだった。内科外来にかかっていた吉安亜紀という患者が、アルコール性肝硬変で入院した。前橋や伊勢崎でホステスをしている女性らしい。吉安が体力を回復し、三階の廊下を退屈しのぎに散歩を兼ねて歩いていると、ある入院患者のネームプレートが目に留まった。

「それが箱崎聡一郎だったってわけよ」

箱崎の入院していた部屋を覗き込んでいたナイキのジャージー姿の若い女性がいたのを、典子は思い出した。

吉安は箱崎の教え子の一人だった。竹芝は吉安と同じくらいの年齢で、波長が合ったのかもしれない。吉安から箱崎にまつわる噂を聞きつけていた。こうなると竹芝は自分が知った事実をばら撒《ま》かないと気がすまなくなる。マイクを握って芸能人を追い回すリポーターのようで、美津子リポーターと仲間内では揶揄《やゆ》されていた。

箱崎は教え子の女性に猥褻《わいせつ》行為を働き、何度もそれが露見したが、事実が公になって困るのは被害者の女性、そして管理責任を問われる校長で、すべてが闇に葬り去られてきたというのだ。しかし、教育委員会も事実を知りながら、問題が起きると箱崎を盥回《たらいまわ》しにして、事なかれ主義で対応してきた結果、定年まで教師を勤めてこられたらしい。

「信じられないって言うんでしょう」竹芝が典子の表情をうかがいながら言った。「私もにわかに信じられなくてさ、あまり相手にしないでいたら、吉安亜紀っていう患者さんも自分もその被害者の一人だって言い出したのよ」

「何をされたの、その患者さんは」典子は思わず聞いてしまった。

典子が興味を持ったと思ったのか、そこからは一方的に話し出した。吉安は高崎市内のある中学校を卒業した。荒れている中学で、吉安も登校拒否、シンナー、喫煙で何度も問題を起こしていた。

箱崎は職員室よりも社会科実習室の横にある社会科教員室に一人でいる方が多かった。実習室は普通の教室よりも広く、大型ビデオが映し出されるような設備もあり、箱崎はビデオを生徒に見せ、自分は教員室で休んでいたようだ。

吉安たちの非行グループは高校進学などどうでもよく、担任、生徒指導の教師の言うことなどまったく無視していた。しかし、中学三年の受験シーズンが始まる直前に、出席日数の足らない生徒は内申書の評価ができずに成績が付けられないと宣告された。最低限の出席日数を確保するためには、不足している教科の補習授業を受けなければならない。

グループの誰も高校進学など望んでいなかったし、勉強する気もなかった。しかし、両親から高校進学を強いられて、引き受けてくれる高校があれば、彼らはどこでもよかった。吉安は社会科の出席日数が極端に不足し、成績が付けられなかった。吉安は箱崎の授業を社会科実習室で放課後受けることになった。

「それで教室に行ったらしいんだ。一人でね」

竹芝は女性週刊誌のスキャンダル記事に目を輝かせる主婦のような顔つきに変わっていた。吉安はその教室で、補習授業ではなく箱崎から性的虐待を受けた。

「胸やお尻をさんざ触られたそうよ。そのおかげで3の評価をもらったらしいわ」

まともに聞いていると吐き気のするような話だった。

「そんな補習授業をよく何日も受けられたものね」

「吉安さんはそんなタマではないわよ。やらせるだけやらせて逆に教育委員会にバラすって脅かしたらしいわ」

「それで3の評価をもらったのね」

「箱崎に一回触らせてやれば、社会科の成績はもらえるって、他の女子生徒に情報が流れて、その年は箱崎先生のところに補習授業の女子生徒が殺到したって。学校側も薄々感づいていたらしいけど、シンナー吸ったりする連中と関わりたくないんで、皆見て見ぬふりをして問題にならなかったんだって」

竹芝の話を聞きながら、やはりあのときの箱崎のナースコールは、典子にセクハラをするためのものだったと確信が持てた。小さなランプに照らし出された箱崎の絡みつくような視線は異常だった。

典子は時計を見て、席を立とうとした。

「まだ時間はあるでしょ」

竹芝はまだ話し足りない様子だ。

「吉安さんの話では、他の中学でもセクハラがあったらしくて、卒業後に同じことをされた連中と会ったたって言ってたわ」

水商売で知り合ったホステスの中には、箱崎の教え子がいて、何かのおりに「私も」「私も」と声が上がったようだ。

「全部が悪グループではなくて、中には真面目な子も被害に遭っているけど、親も本人の将来を考えて泣き寝入りしているケースもあるらしいわ。その子は精神的なショックがひどくて、今もそのトラウマから立ち直っていないっていう話よ。それにこれは噂だけど、かなり昔に箱崎にレイプされて、自殺してしまった子が吉井町にいるって……」

典子は反射的に席を立った。休憩室はセルフサービスでコーヒーカップと皿を調理場に自分で返さなければならない。急に席を立ったので、竹芝が驚いた顔をして典子を見ていた。

「ごめんなさい。残っている仕事があるからナースセンターに戻ります。また、そのお話の続きを聞かせてくださいね」

竹芝は典子が怒って席を立ったのではないのがわかり、少し安心した様子だ。

その日一日は箱崎の件が気にかかり仕事に集中できなかった。退院前夜のセクハラがなければ、竹芝の話など一笑にふしたに違いない。しかし、吉安亜紀という患者から竹芝が聞きだした話はすべてが作り話とは思えなかった。それどころか典子には事実のように感じられた。

それにセクハラが原因で心を病んだという女子生徒は今どうしているのだろうか。最も気になったのは吉井町で自殺した女性のことだ。小さな田舎町で自殺した女性がいれば、放っておいても耳に入ってくる。しかし、典子は自殺した女性の話など聞いてはいない。知っている中学生の自殺は一人だけだ。

中学三年生のときに、首を吊って死んだ。大船祐美、典子の姉だけだ。しかし、姉の死は箱崎とは無関係だ。姉の自殺は父の逮捕後、浴びせかけられた非難と中傷、中学での虐めが原因で、追いつめられた姉は将来を悲観して死を選んだのだ。

第三章　疑惑

まだ一人で生活できるくらいの体力はあるにもかかわらず、箱崎聡一郎が再入院してきた。想像していたよりも少し早かったというくらいで、典子は特に驚くわけでもなかった。竹芝美津子の話がすべて真実であったとしても、相手は死を目前に控えた病人であることには変わりはない。妙なトラブルを起こしていちばん困るのは箱崎自身なのだ。前回のセクハラ程度なら、どうにでも対処できるという自信は典子にはあった。

箱崎は以前と同じ四人部屋に再入院し、窓側のベッドが割り当てられた。約一カ月ぶりの入院で少しやつれたかなという程度で、ガンが進行しているという印象は受けなかった。今度は長期入院となると思っているのか、窓際のサイドボードには新刊本が積まれていた。

「またお世話になります」

箱崎は神妙な面持ちで言った。

ベッドから身を起こそうとした弾みで、サイドボードの本が床に崩れ落ちた。一冊の本は裏表紙を上にして落下していた。それを拾おうとしたら、その裏表紙にいくつもの数字が羅列されているのが目に留まった。その本を拾い、元に戻した。

「今回は左側にサイドボードがあるので助かります」

箱崎は左利きのようだ。前回の入院は、ベッドの右側にサイドボードが置かれていた。本を取る程度の動作でも、利き手が使えるほうが楽なのだろう。

「ビデオはたくさん観てきましたか」

典子が笑みを浮かべながら聞いた。

箱崎の表情が緩んだ。しかし、典子はセクハラを許したわけでもないし、警戒を解いてもいなかった。

「おかげさまでビデオ屋さんの若い店員さんとも仲良くなって、面白いサスペンスを勧められ、それを何本も観ました」

「頑張ってまたレンタルビデオ屋さんに通えるようになりましょうね」

「そうなるといいけど……」

やはり箱崎も近づく病魔には勝てないのは悟っているのだろう。症状が進行していると思ったのは、夜勤のときだった。定期的に病室の様子を見て回る。夢を見ているのだろうか、箱崎はうなされていた。それが決して楽しい夢ではないことは想像がついた。箱崎は顔を歪め、額に大粒の汗を浮かべていた。真夏の蒸し暑さだけが原因ではなさそうだ。しかし、典子は起こさなかった。うなされていても箱崎は眠り続けている。患者にとって睡眠は体力維持のために、食事や輸液のようにきわめて重要なのだ。

箱崎は寝汗をかいている。典子は前回のように下着交換の介助に呼ばれたらやっかいだと思ったが、結局ナースコールは鳴らなかった。昼間は相変わらず読書に耽《ふけ》り、手のかからない患者だった。読書に疲れると、面会ルームで外の風景をしばらく眺めては、病室に戻ってきた。

しかし、CTスキャナーの映像では転移ガンはさらに拡大し、腫瘍《しゅよう》マーカーも異常な上昇を示している。余命は確かに縮まっていると典子も思った。それでも一人の気安さなのか、昼間の箱崎は恬淡《てんたん》としていた。

典子が非番のときに他の看護師が記した看護記録も特筆すべきものは何もなかった。ただ、就寝中にうなされていることが多いという記述が目立つようになった。ほぼ毎晩のように意味不明の言葉を呟《つぶや》いている。

緩和ケア病棟所属の山中真由看護師も箱崎の寝言を気にしていた。引き継ぎのとき、申し送り事項で、それを典子に告げた。

「はっきりと聞き取れないけど、私には誰かの名前を呼んでいるように感じられるんです」

「子供さんの名前でも呼んでいるのかしら」

典子が思っていることを口にした。

「そうかもしれませんね」

昼間、溝口医師の検診がある。採血された血液は臨床検査課に回され、データは医師団にすぐに転送される仕組みになっている。複数の医師がデータを共有し、治療方針を決める。溝口医師、場合によっては医師団の複数の医師が直接に診察し、さらに適切な治療を受けられるように、患者本位の医療体制が組まれている。患者と接する時間の長い看護師の意見を求められることもあるが、箱崎に対しては理想的な治療方法が取られていると典子は考えていた。

唯一気になるのが、睡眠中にうなされ、声を上げることだった。典子だけではなく他の看護師も気づき、同じ病室の患者からも苦情が出るようになった。寝言が不安からくるものなのか、あるいは他に理由があるのか、典子は聞き取れない寝言の内容を聞いてみようと思った。看護記録には、箱崎がうなされている時間も記されている。ほとんどが午前三時から明け方の四時くらいの間に起きている。

夜勤の日、典子は早めに仕事を片付けた。ナースセンターには典子の他にも二人の看護師が待機している。何か用事があれば、箱崎の病室にいると言い置いて、頻繁にナースセンターと病室を往復した。真夏の暑い一日の始まりを思わせるように東の空が青く明け始めた四時少し前だった。

箱崎がうなされ始めた。典子はカーテンをそっと開いて、箱崎の様子をうかがった。やはり汗をかいている。病室は健康であれば少し暑く感じるほどの温度に設定してある。しかし、パジャマの首筋が汗でぬれるほどの暑さではない。箱崎の寝言は呻《うめ》き声に近く、とても聞き取れるものではなかった。次第に声が大きくなり、尾を引くように呻いた。ますます聞き取りにくくなり、ナースセンターに戻ろうとカーテンを閉めたときだった。

「ユミ」

確かに箱崎はそう言った。それが名前なのか、あるいは違う意味のある言葉なのかわからないが、はっきりと「ユミ」と箱崎は言った。その後は再び呻くような寝言に戻ってしまった。典子は看護記録には「ユミ」という記述はしなかったが、その晩も激しくうなされたことを記した。

それ以降も他の夜勤看護師は同様の記述を記録した。毎晩なので、看護師の間でも箱崎が何を言っているのか話題に上るようになっていた。どうやら名前を呻きながら呟いているということで、看護師の見方は一致したが、その名前がはっきりと聞き取れないのだ。

「子供に会いたくて、子供の名前を呼んでいるのではないか」というのが大方の意見だった。「ユミ」「ユキ」「ユリ」と看護師の耳には、それぞれ違った名前に聞こえていた。

「私は一度オオフナと怒鳴るように呼ぶ箱崎さんの寝言を聞いたわ」

そばで聞いていた典子の心臓は早鐘のような鼓動に変わった。

〈まさか……。偶然でしょ〉

典子は自分にそう言い聞かせた。名前は明確に聞き取れない。オオフナという苗字が正確であれば、箱崎が夢の中で呼んでいる女性はオオフナ・ユミになる。自分でもあまりにもバカバカしい想像をしていると典子は思った。そんなことがあるはずがない。オオフナは地名かもしれないし、苗字と決まったわけではない。たとえ苗字だとしても、その後に別々の看護師が聞いた「ユミ」「ユキ」「ユリ」が名前として連なると決まったわけでもない。第一それらだって名前かどうかもわからないのだ。

しかし、オオフナ・ユミが名前だとすれば、それはまぎれもなく姉の名前だ。自殺した姉と箱崎と接点があったのだろうか。それに姉の死は父親の初公判が開かれた頃だった。

〈ありえない〉

典子は自分の妄想を打ち消そうとしたが、指の奥に食い込んでしまった棘《とげ》のように、いつまでも脳裡から離れない。原因は竹芝美津子の言葉だ。

〈箱崎にレイプされて自殺した子が吉井町にいる〉

姉の自殺は、父親の逮捕、そのことによる世間の白眼視以外に考えられない。逮捕後の世間からのバッシングに、家族は口にはしないが誰もが一度や二度、自殺を考えただろうと思う。典子自身、何度も自殺を考えた。近くの山に入ってしまえば、首を吊ることなど容易《たやす》いことだ。姉の祐美が実際に山に入り、典子が考えた通りの自殺を実行したときは、気が動転し、自分でも意味不明の言葉を叫び出した。

祐美の葬儀が終わり、再び登校したが、姉の死を受容したくなかったのか、できなかったのか、姉が病気なので早退しますと担任教師に申し出たり、隣の席の生徒に昨夜は姉が宿題を手伝ってくれたと言ってみたり、周囲からは薄気味悪がられていた。当時はかなり心を病んでいたのだろう。母親も、逮捕された父親、自殺した祐美のことで精一杯、残された三人の子供までかまっている余裕などなかったはずだ。

姉を死に追いやったのは、誤認逮捕した警察、検察、そして冷たい視線を浴びせかけてきた近隣住民、同級生たちだと、昔を思い出すと今でも怒りに体が震える。失われた家族の日々は戻らないし、両親も、姉も生き返るわけではない。典子は過去を振り返らずに生きてきたし、生きていこうと思っている。過去を振り返ってもいいことなど一つもない。

　しかし、箱崎がうなされたときに発する言葉と、竹芝が患者から聞いてきた話が、真っ白なブラウスに落ちたインクの染みのように広がり、消し去ることができなくなってしまった。吉安亜紀から直接話を聞きだすのが最善策のように思えた。吉安はすでに退院している。典子は夜勤の空いた時間を利用して、内科外来のカルテの中から吉安亜紀のものを取り出して、住所、電話番号を手早くメモした。前橋市に住んでいた。

　典子は以前にもまして箱崎を注意深く観察するようになった。ターミナルケアのためとは違う。箱崎の読書傾向から一挙手一投足に至るまで、典子は動物園の檻《おり》に入れられたトラでも見るかのように、箱崎の一日を観察した。夜勤のときは他の患者に知られないように、箱崎の寝言を聞くように心がけた。相変わらず箱崎は、深夜に何事かを呟き、ときには同室の患者が目を覚ますほど大きな声を上げげた。

　典子はどんな夢を見ているのか、うなされているという自覚はあるのか、翌朝箱崎に確認した。

「皆さんにご迷惑をかけているようで申し訳なく思っているんですが……」

　すでに同室の患者が深夜の様子を箱崎に話しているらしい。

「それが夢を見たという記憶はないんです」

　多くの人は夢を見ているが、そのすべてを記憶しているわけではない。

「人の名前をよく呼んでいらっしゃるようですが」典子はそれとなく聞いてみた。

「寝言で何を言っているのか、人の名前を呼んでいるのか、私にはまったくその意識も記憶もないんだ」

箱崎がウソを言っているとは思えない。

「子供さんの名前を呼んだりする患者さんは結構いるものですよ」

「二人息子がいるが、最後に会ったのがいつなのかも思い出せないくらいだ」

箱崎にはどうやら娘はいないようだ。箱崎が呼ぶのは、家族の名前ではないらしい。別れた妻の名前を呼んでいることも考えられる。あるいは名前ではなく、地名やそれ以外の何かを口にしているのかもしれない。

典子は工藤亮介に久しぶりに電話を入れた。

「ごめんなさい。ご相談があるんですが……」

医師、看護師の世界など広いようで狭い。工藤が再婚したという噂を聞いていた。

「私にできることでしょうか」

工藤は他人行儀な口調で答えた。

「ええ、直接お会いしてからお話しします」

次の土曜日の夕方、池袋駅に近いホテルのロビーで会う約束をした。

「ユミ」と叫ぶ寝言は、一回だけではない。他の看護師には違う名前に聞こえるようだが、もし、それが「ユミ」であれば、箱崎は毎晩のように「ユミ」という名前を口にしていることになる。

工藤亮介の父親は、リタイアしたとはいえ群馬県内では教育関係者にその名前を知られている。工藤の父親なら箱崎聡一郎について正確な情報を知っているに違いない。しかし、どうやってそれを工藤に依頼するかだ。

土曜日の夕方、典子は約束の場所へ向かった。

「元気でしたか」

久しぶりに再会した同級生に挨拶するように工藤は言った。

「ええ、何とか看護師の仕事を続けさせてもらっています。いい病院を紹介してもらったと感謝しています」

典子は深々と頭を下げた。

二人は離婚後の生活についてしばらく話し込んだ。どう切り出していいものか、典子は迷っていた。

「相談って言っていたけど……」

工藤の方から聞いてくれたので、ようやく決断がついた。

「実はお義父さんに聞いていただきたいことがあるんです」

「オヤジに、か」

工藤は意外だという顔をした。

「緩和ケア病棟に元教員の箱崎聡一郎という患者さんがいます」

「それで……」

「理由は言えませんが、箱崎さんが吉井町の中学で教壇に立っていたかどうか、教えていたとすればいつ頃だったのか、それを調べてほしいんです」

「そのくらいならオヤジに聞けばすぐわかると思うが、どうして理由が言えないんだ」

典子は返事に窮した。

「他人のプライバシーを簡単に口にするオヤジではないのは君もわかっているだろう。口外したことでオヤジが万が一にも批判を浴びるような事態になれば、あの頑固オヤジ、何を言い出すかわかったものではない」

「調べていただいた情報を悪用するようなことはありません」

「わかった。確約はできないがやってみる」

工藤は少し怒ったような顔に変わり、伝票を持って会計のところに行き、振り向きもせずに帰っていった。

工藤が典子の依頼をきいてくれるかどうか半信半疑だった。結果は一週間後に出た。工藤から電話がかかってきた。

「オヤジに聞いたよ。箱崎は君の担当の患者なのか」

労《いた》わるような口調だ。

「ええ、そうです」

「そうか」

くぐもった声に変わった。

「それで、わかったのでしょうか」

「箱崎聡一郎の名前を言っただけで、オヤジの表情が急変したよ。仕方ないから君の依頼だと言ったぞ」

「私はかまいませんが、あなたに迷惑がかかったのでしょうか」

「そんなことを君が心配する必要はない。その箱崎というのはとんでもない教員らしいぞ。女子生徒にセクハラどころか、マスコミに知られたら大問題になるようなまねをしでかしてきた教員らしい。危なくて担任なんかさせられずに、各中学を盥回《たらいまわ》しにされ、吉井町S中学には一九六八年四月から二年間在籍していた。オヤジがかつての部下に調べさせた記録だから間違いない」

「ありがとうございます。お義父さんによろしくお伝えください」典子の声は震えていた。

工藤はさらに何か話しかけてきたが、典子は受話器を置いてしまった。これ以上、話を続ける余裕はなかった。S中学は事件同時、姉が通っていた中学だ。竹芝美津子の言った言葉が重くのしかかってくる。箱崎の寝言と竹芝の話が、堅く封印してきた典子の記憶を蘇《よみがえ》らせてしまったようだ。

やはり吉安亜紀から直接話を聞くしかないと思った。吉安はホステスをしている。おそらく起きるのは午後になってからだ。箱崎が入院していた病室を吉安は覗き込んでいた。そのときに典子は顔を合わせているし、何度も廊下ですれ違っている。相手も典子の顔を覚えているはずだ。

箱崎のプライバシーを調べている事実を吉安には知られたくない。工藤の父に調査を依頼したような安易な方法は取れない。看護師が患者のプライバシーを調査している事実が明らかになれば、病院内でも問題になるだろうし、吉安の口から竹芝に伝わることも考えられる。慎重の上にも慎重を期す必要がある。

その日は夜勤明けだった。帰宅してから少し睡眠を取り、夕方から前橋に向かった。最近では高崎、あるいは前橋の駅前に、高層マンションが立ち並び、駅近辺の物件は高い値段で売られていた。眺望もいいせいか、分譲マンションは建つと同時に完売していた。それまでの低層、中層階のマンションは安く売りに出された。賃貸マンションも値崩れを起こし、割安で入居できた。

吉安は前橋駅から十分も歩かない閑静な住宅街に立つ三階建てマンションに住んで

いた。一階がオーナーの家で、会計事務所と住居を兼ね、二階、三階が賃貸マンションになっていた。その二階の角部屋に吉安は暮らしていた。

ドアの前に立ち、インターホンを押した。

「どなたですか」

聞き覚えのある声だった。

「私、A総合病院の看護師で、工藤典子といいますが……」

「ちょっと待って」

少し間があってからドアが開いた。エアコンの冷気と一緒にタバコの煙が外に吐き出されてくる。

「緩和ケア病棟の工藤です」

「ああ、覚えているわよ。三階の看護師さんでしょ」

「そうです。実はご相談したいことがあっておうかがいしました」

「まあ、入ってよ」

吉安は典子を部屋の中に入れた。２ＤＫのマンションで、玄関を入るとダイニングキッチンがあり、丸いテーブルに椅子が三つ置かれていた。その先に二つ部屋があり、片方のドアは閉まっていて中の様子はわからないが、それが寝室らしい。もう一つの部屋はドアが開き、ソファ、テレビ、化粧台が見えた。吉安は出勤準備でもしていたのだろう。

「そこに座って。コーヒーでも淹《い》れるから」

典子は勧められるままにソファに座った。部屋はタバコのヤニの臭いときつい香水の匂いが入り混じり、思わずむせ返りそうになった。吉安はキッチンからコーヒーを二つ運んできた。ソファの前にはセンターテーブルが置かれ、そこに砂糖ポットが置かれていた。

コーヒーを一口飲むと、吉安が聞いた。

「それで相談ごとって何さ」

テーブルにコーヒーカップを置くと、タバコを取り火を点《つ》けた。深く吸い込み天井に向かって大きく煙を吐きかけた。

「一方的に押しかけてきて本当に申し訳ありません。実は失踪している姉について、もしご存じでしたら、どんな些細なことでも、手がかりになりそうな情報があれば教えていただきたいと思って……」

吉安は訝《いぶか》る表情を見せた。その間にもせわしなくタバコを吸った。

「あなたの姉さんって誰なの。私が知っている人なのかしら……」

「二歳上の姉の靖子は私が看護学校で学んでいた頃から音信不通になり、今でも消息不明なんです。姉は高崎、前橋、伊勢崎あたりでずっとホステスをし、その後しばらくして東京に出たようです。でも、ホントのところ何もわかりません。同僚から吉安さんのお話を聞いたものですから、失礼だと重々承知の上でお願いにあがりました……」

典子は語尾を濁《にご》した。

「どうして私が水商売をしているってわかったの」

典子は沈黙した。

「あのおしゃべりな看護師さんでしょ、竹芝さんとか言ったよね」

それでも典子は返事をしなかった。

「別に誰でもいいわよ、そんなの」

吉安は特に気を悪くした様子もなかった。姉がホステスをしていると打ち明けたことで、逆に親近感を抱いたようにも感じられた。

「あなたはどの辺りの出身なの」

「吉井町なんです」

「吉井町の工藤靖子か」

典子は大船の姓を明かさなかった。姉の消息を聞くために、吉安に会いにきたわけでもないし、父親の事件について知られたくなかった。

「悪いけどさ、知らないなあ。それに年齢的にも私より一回り上だし……」

「そうですか」

典子は落胆する表情を見せた。「姉は父が死んだことも知らないんです」

「そうなんだ。でも、この界隈《かいわい》のホステスの世界なんて小さいからさ、知っている仲間か先輩がいるかもしれないから、折があれば聞いてあげるよ」

「ありがとうございます」典子は頭を下げた。

「あんたも看護師をしながら、姉探しをしているなんて大変なんだね」

「看護師は自分で選んだ仕事ですから……」

典子は愛想笑いを浮かべながら言った。しかし、気づかれないように吉安の表情を上目遣いでうかがっていた。

「緩和ケアって、ガンの人が入院しているところなんでしょう」

「あの病棟に入るには、パンフレットにも記されているようにガンの告知を受けている人が対象になります」

典子は差し障《さわ》りのない返事をした。

「患者にもいろんな人がいて大変でしょう」吉安は含み笑いを浮かべた。

「ええ、まあ」典子は相変わらず曖昧《あいまい》な答えを返した。

「私が入院していたときにさ、箱崎っていう患者がいたでしょう」

「現在も再入院されていますよ」

吉安は箱崎の様子を知りたがっていた。チャンスだと典子は思った。

「仲のいい同僚から聞きましたが、教員時代にいろいろあった人のようですね」

典子は誘い水を向けた。吉安はそれに乗ってきた。

「そうなのよ、あの先生はホントに異常よ」

何も知らないふりをして、典子は吉安の話に耳を傾けた。箱崎の教え子に対するセクハラを詳細に語り始めた。自分の体験をどこまで脚色しているのかは不明だが、典子は相槌《あいづち》を打ち、いかにも興味がありそうな振りをした。

一通り自分の体験を語り終えると、典子は聞いた。

「箱崎先生に同じようなことをされた生徒ってたくさんいるんでしょうね」

「いるよ。あいつが卑怯《ひきょう》なのは、学校でもさ、問題視されている生徒にばかりセクハラをするのよ。そいつらは日頃の行いが悪いから、訴えたところで誰もその話を信じない。箱崎はホント、狡賢《ずるがしこ》いよ」

「それで問題が表沙汰になることがなかったのね」

「学校も教育委員会も、臭いものにフタでさ。とうとう定年まで教師をしたようだけど、晩年は一人で最期を迎えるんだから、ま、それなりの報いはこれから受けるんだろうけどね」

「でもセクハラを受けた女子生徒はかわいそうね。結局、泣き寝入りでしょ」

「私みたいに逆手に取るくらいの度胸があればいいけどさ、ない子はやられっぱなしだよ。私のホステス仲間の同級生には、心を病んでいまだに立ち直れないでいる子がいるみたいだよ」

「その方はいくつくらいなんですか」

「友人のホステスは私より二つ下だから三十二歳だよ」

「そのときに心に負った傷で二十年近くも苦しんでいるのね。ひどいことをしたんですね、あの箱崎という患者さんは」

「友人のホステスによると、その子は医者の一人娘で、小さい頃から進学塾に通わされて、医者になれってずっと親から言われてきたらしい。それに反発して中学からヤバクなって、箱崎も最初は医者の娘だなんて思わなかったんでしょうよ。その辺の悪ガキ連中の一人くらいにしか考えていなかった。箱崎にいたずらされてから、完全におかしくなってしまった」

「親は医者なんでしょう。自分の娘の異変にはすぐ気づいたでしょう」

「気づいたんで大問題になりかかったのよ。事実を知った親は怒って学校に乗り込み、教育委員会にも怒鳴り込んだって話。警察に告訴しようと一時は考えたようだけど、そうすると自分の娘の将来にも傷がつくからって、結局は泣き寝入り。箱崎は生き延びて違う中学に異動になっただけ」

「事実なら、こんな卑劣な教師はいませんね。被害者のお嬢さんって、誰の娘なのかわかりますか」

「どうしてそんなこと知りたいの」

話す一方の吉安が突然聞いた。典子は一瞬、錐《きり》で突かれたような驚きを覚えた。吉安は単なるおしゃべり好きのホステスではなさそうだ。典子が訪ねてきた理由を姉の消息を聞きに来ただけではないと直感的に感じているのかもしれない。

「吉安さん、絶対に口外しないでくださいね。実は一度だけ箱崎さんからセクハラを受けました。いやセクハラかどうかわからないギリギリのことをされたんです」

典子は箱崎が取った退院前夜の行為を説明してやった。

「あいつならそれくらいはやりかねないよ」

「ありがとうございます。吉安さんのお話を聞いて、彼がセクハラをしていると確信が持てるようになりました。これからは毅然《きぜん》とした対応を取ることができます。トラブルが生じれば、病院内部でも問題にすることができます。被害者の親の名前か病院名がわかれば、私の話だけではなく、A総合病院の方も医師同士で情報交換し、適切な措置を取ってくれると思います」

「今はその病院名はわからないけど、夜はそのホステスと会うから聞いておいてあげる」

典子は吉安とメールアドレスの交換をした。

「それともう一つ聞いてもいいですか」

「何なの」

「吉井町で、箱崎にいたずらされて自殺した中学生がいるって話をおうかがいしたんですが……」

「あの竹芝さんっていうのはかなりのおしゃべりなんだね。そんな話までしているんだ。それは私も噂のまた聞きで、よくわからないんだよ。ただ、あいつにセクハラされた連中の間では、かなり信憑性《しんぴょうせい》のある話として噂になっているよ」

吉安は時計を見た。出勤時間が迫っているのだろう。典子も席を立ち帰宅しようとした。

「わかったらメールを入れるから」

「よろしくお願いします」

「箱崎をぎゃふんと言わせてやってよ」

吉安は大口を開けながら笑った。その拍子に口紅がヤニで茶に染まった歯に付いた。

外に出ると、衣服といわず髪にまでタバコの臭いと香水の香が染み込んでいるようで、典子は急いで帰宅した。

典子に親近感を持ってくれたのか、あるいは今もくすぶる箱崎への怒りなのか、吉安は見た目とは対照的に律儀《りちぎ》な性格らしくすぐにメールを送ってきてくれた。それには箱崎に悪戯された深沢奈央という名前と、卒業アルバムに記載されている住所が記されていた。高崎市内のその住所は、記憶に残っているがどこなのか思い出せない。

典子は夜勤明けの朝、深沢奈央の自宅を確かめてから帰宅しようと思った。カーナビに住所を入力するとルートが表示された。表示された場所は深沢クリニックだった。典子は深沢クリニックを訪ねることなく帰宅した。体は疲れきっているはずなのに、神経が昂《たか》ぶり眠れない。酒はほとんど飲まないが、患者が亡くなったときやケアが困難な患者を抱えたときなどは、無理矢理に眠るためにブランデーを少し飲む。デミタスカップに一杯ほどのブランデーを胃に流し込むと、日なたに放り出した氷が溶けていくように、張りつめた神経が弛緩《しかん》していくような感覚に包まれ、眠りにつくことができるのだ。

しかし、その日はベッドに身を横たえても眠気を誘うことはできなかった。眠ろうと思っても、目は冴えてくるばかりだ。箱崎にA総合病院の連携医である深沢クリニックを紹介しようとしたとき、典子の勧めを拒否して矢口医院を選んだ。吉安の話が真実であれば、深沢クリニックには末期を迎えている自分のケアは任せられないと判断したからだろう。いや、吉安の話が事実だからこそ、箱崎はそうしたに違いない。

ベッドから起き出して、典子は吉安にメールを打った。深沢奈央は現在どうしているのか、知っていたら教えてほしいと連絡した。吉安と仲の良いホステスは深沢奈央と現在も付き合っているわけではなく、噂によると相変わらず家に引きこもり、心療内科で治療を受けているという。正確な話ではないと、吉安は注釈を入れて、メールを送ってきてくれた。

典子は日勤、夜勤を繰り返しながら、箱崎の様子を見守っていたが、やはり就寝後の寝言は止む気配はなかった。それは他の看護師の記録からも明らかだった。典子が聞いたのは「オオフナ」そして「ユミ」という苗字と名前と思われる単語だ。他にどんな言葉を箱崎は言っているのか、聞き耳を立てなさいと、他の看護師に指示を出すわけにもいかない。しかし、このまま箱崎を何事もなかったかのようにケアすることが、典子にはすでにできなくなっていた。

姉の祐美が中学二年生から自殺するまでの間、箱崎との接点がなかったわけではない。うなされながら言うのが大船祐美であったとすれば、どんな関係だったのか箱崎に聞いてみたい気持ちもある。いずれにせよ箱崎の寝言の内容を正確に把握する必要があった。

その方法を考えたが、手段は一つしかなかった。テレビのニュース番組で車にアンテナを積み込み、盗聴器が仕掛けられている家を探すシーンが流れていた。盗聴器が仕掛けられた家の周辺を車が通ると、機器が反応して激しく鳴った。そうした盗聴器やそれらを発見する機器は秋葉原に行けばいくらでも手に入った。

秋葉原に行き、それらしき通信機器店に入り盗聴器を探しているというと、見本が展示されているコーナーに案内された。受話器に取り付けるタイプや電気コンセントのようなものまであった。それが発信機で、ＦＭラジオを特定の周波数に設定して受信する仕組みになっていると、店員が説明してくれた。典子はボールペン型の発信機と受信機を購入した。受信機はＩＣレコーダーと接続すれば録音が可能だ。発信機はボールペンとして実際に使えるものだ。

典子は夜勤の日、自分の机の引き出しの奥に受信機を隠した。ボールペンは白衣のポケットに入れた。箱崎は典子にセクハラをしたあの晩のことなどすっかり忘れているのだろう。昼間は本を読み、夜の食事を終えると再び読書をして、就寝時間になるとベッドに入った。ベッドからあまり離れようとしないのは、酸素吸入を常にしていないと苦しくなるからだろう。トイレに行く以外は常にベッドで酸素吸入のカニューレを外さない。

深夜一時、病室の見回りをするが、多くの患者は痛みがコントロールされているのか、静かな寝息を立てて眠っている。典子は一床一床、カーテンを少し開け、ペンシル型の懐中電灯で患者の様子を確認していく。箱崎のベッドのカーテンを開けるときは少し緊張する。男性自身を勃起させた箱崎が不気味に笑いながら、典子が見回りにくるのを待っている姿を想像してしまう。

箱崎は眠っていた。懐中電灯のスイッチを切り、カーテンをそっと閉めた。ベッドの下に気づかれないようにボールペンを置いた。これでボールペンの中に仕込まれた発信機から典子の机の中にしまわれた受信機に、箱崎が発する声が送信される。

病院の朝は早い。消灯時間が早いせいか、朝の五時くらいから目を覚ます患者もいる。真夏で五時頃にはすでに夜が明けている。しかし、箱崎の病室にいる他の三人の患者のうち、ベッドから離れ自由に洗面所に行ける体力を残している者はいない。介助が必要なのだ。ベッドの下に置かれているボールペンに気づくことはない。万が一、気づいたところで深夜の見回りのときに落としたとでも言えばすむ。

朝五時、ナースセンターを出て、患者の様子を見るようなふりをしてボールペンを回収した。引き継ぎは午前八時に行われる。典子は受信機からＩＣレコーダーだけを取り外して、帰宅した。再生するとカウンターだけが動き、ほとんど音らしい音は入っていなかった。三時間分を早送りで再生したが、まったく何も聞こえない。しかし、三時間二十分を過ぎたところで、妙な音が聞こえた。ノーマル再生に戻すと、箱崎の呻き声だった。

何かを言っているようだが、はっきりとは聞き取れない。声も小さい。寝言は二、三分続いただけで静かになり、何も聞こえなくなった。さらに十分間再生すると、こんどは一段と大きな声で呻く声が聞こえた。何度再生しても言葉ではなく、呻き声だ。その晩はそれで終わり、あとは何も聞こえなかった。

典子は夜勤の度に発信機をベッドの下に隠し置いた。三度目のときだった。「ユミ」という声が聞こえた。「ユキ」でも「ユリ」でもなく間違いなく「ユミ」だった。百メートルを全力で走りきったランナーのような呼吸の荒さで、箱崎は二度「ユミ」と叫んだ。その後、しばらく荒い呼吸が続き、「ウワッ」と叫んだ瞬間、呻き声は止まり静寂に戻った。

毛布をかけ直したのか、剝《は》いだのか、毛布が擦《す》れる音がした。

〈夢か……〉

箱崎が目を覚ましたのだろう。呟く声がレコーダーから流れてきた。

やはり箱崎は「ユミ」と口にしていた。典子はその後も盗聴を続けた。明確に聞こえる言葉は、この他に「オオフナ」だった。そして、もう一つ聞こえたのは「ミサコ」だった。しかし、それ以上の言葉は箱崎から漏れてはこなかった。「オオフナ」は地名か、あるいは別の意味のある言葉で、「ユミ」も「ミサコ」も思い出に残る女性の名前なのだろうと、典子も思い始めていた。

これ以上盗聴などをしても、無意味のように思えた。箱崎の寝言を聞いて、いったい何になるのだろうか。姉は世間の白眼視に耐え切れず自ら死を選んだのだ。中学校で、祐美と箱崎の接点があったとしても、それが姉の自殺に関係しているなどというのは、典子の妄想でしかないのだ。

これで最後にしようと、いつものようにボールペンをベッドの下に隠した。その晩は、箱崎は体調を崩し、少し発熱していた。典子は頻繁に様子を見に、箱崎のベッドに行った。アイスパックを二度ほど交換した。箱崎は朦朧《もうろう》としていて、眠っているのか、起きているのか夢現《ゆめうつつ》の状態だった。箱崎は一晩中うなされ続け、寝息を立てて眠り始めたのは、熱が下がった五時過ぎだった。

帰宅し、ＩＣレコーダーを再生した。ノーマル再生で五時間ほど箱崎のうなされる声を聞く羽目になった。

聞こえてくるのは、熱にうなされた声と荒い呼吸音だけだった。しかし、次第に声が大きくなり、やはり「ウワッ」という叫び声を上げ、「オリモ」とはっきり聞き取れる声で言った。再生しなおすまでもない。それほど明確な声だった。そして、一度だけではなく三度「オリモ」と言い、「ミサコ」と叫んだ。

典子は次の夜勤にもＩＣレコーダーを持って病院に向かった。箱崎の夢の中に出てくるのは、典子の姉「大船祐美」と父親が殺したとされた折茂俊和の妻「折茂美佐子」

に違いないと思った。
　確固たる根拠はない。しかし、こんな偶然は万が一にもありえないと典子は思った。

第四章　濃霧

父親が亡くなった後、典子は裁判資料と自殺した祐美の遺品を整理して、実家の押入れの奥にしまった。それを二度と引き出す機会はないと思っていた。しかし、箱崎は姉の祐美だけではなく、一時は大船貢によって殺されたとされた折茂美佐子の名前まで口にした。祐美にしても、美佐子にしても亡くなったのは三十七、八年前なのだ。箱崎には祐美、折茂美佐子と何らかの接点があったのだろう。何も関係がなければ、そんな昔の人間の名前をうなされながら叫ぶはずがない。

膨大な裁判資料を読んで果たして何がわかるというのか。新事実が判明したところで、それにどんな意味があるのか。紐《ひも》で綴《と》じられた分厚い裁判資料は、母が整理したのか、あるいは父親がしたのか、時系列にきちっと並べられ、それに番号が記されていた。

姉の遺品はピンクの小さな衣装ケースに保存されていた。姉のものは遺品といっても小学校のアルバム、家族アルバム、そして遺書の手紙だった。アルバムを取り出して見るでもなくページを捲《めく》ってみる。決して豊かな生活ではなかったが、両親が愛情を注いでくれていたのが写真からもうかがえる。出産直後、お宮参り、入園式、小学校の入学、卒業式、遠足、運動会の写真が丹念に貼られていた。同じようなアルバムを典子も持っている。母親が生きている間、折に触れては撮影し、その写真をアルバムに追加していてくれたからだ。

祐美のアルバムの最後に遺書の手紙が挟まれていた。白い封筒に「お母さんへ」とだけ記されている。中には中学生らしく花の絵がプリントされた便箋《びんせん》二枚に、祐美の最後の言葉が記されていた。自殺直後に典子も読んでいるはずだが、手紙の内容についてはほとんど記憶がなかった。

〈こんなことになって本当にごめんなさい。お父さんが無罪であることははっきりしているのに、誰もわかってくれません。お父さんの無実を証明するために、お母さんが一人頑張っている。私が助けてあげなければいけないのに、私にはもうどうすることもできません。

友だちも皆離れていきました。先生だって同じ。信じていた先生に裏切られました。大人なんてもう誰も信じられない〉

もう一枚は父宛のものだった。

〈お父さんの無実を信じています。お父さんは無罪です。悪いのはすべて、美佐子さ

んです。それなのにお父さんに罪をかぶせて、本当にひどい人たちです〉

遺書は今読み返しても、あまりにも簡単なもので、新たな事実が見えてきたわけでもない。ただ、「信じていた先生に裏切られた」という意味にどんな思いが込められていたのか、典子はもう一度見直してみる必要があると思った。

父親の逮捕直後、担任教師は祐美をかばってくれていた。しかし父親は殺人を自白した。その長女をかばえば、非難は教師自身にも及ぶ。それを恐れた担任も、祐美に対する虐《いじ》めを、見て見ぬ振りをした。そうしたことが背景にあって絶望した祐美は死を選んだ。家族はそのように遺書を理解した。それ以外に解釈の仕様がなかった。

事件直後に美佐子の男性遍歴が暴露され、男関係の複雑さが事件の原因だろうと噂された。祐美が折茂美佐子を非難しているのは、そのためだろうと思った。箱崎と祐美に接点があったのか、典子は遺書から箱崎の存在を嗅ぎ取ろうとしたが、二枚の便箋に記された短い文面からでは到底不可能なことだった。

残された方法は、気の遠くなるような分量の裁判記録を少しずつ読み進めるしかなかった。警面調書、検面調書を読む限り、父親はまさに二人を殺した犯人になる。しかし、最高裁が疑問を提示し、審議が尽くされていないと指摘している点を精査すれば、父親はまったくの無罪であることがはっきりしてくる。

「被告人大船貢は昭和四四年一月六日午後九時ごろ、吉井町××番地折茂俊和方において、同人の妻折茂美佐子と同衾《どうきん》中、帰宅した俊和に発見殴打され、さらに野菜包丁で切りかかられ、同人の顔を殴打し、包丁を取り上げてとりあえず難を逃れたものの、その間に美佐子が馬鍬の刃を持っていきなり俊和の後頭部を背後から殴りつけて重傷を負わせ、同人を昏倒させたのを見届け、かつ同女より『生き返らないようにして』と言われて殺意を生じ、うつ伏せに倒れている俊和の頭部、頚部《けいぶ》を、同馬鍬の刃で数回にわたって殴打、死に至らしめた。ついで右犯行が美佐子の口より発覚することを恐れて同女も殺害すべく決意し、その場にいた同女に対し、先に同女が使用した前記馬鍬の刃をもって、いきなり同女の顔面、頭部を数回殴打し、同女をうつ伏せに転倒させたうえ、その場にあったタオルをその頚部に巻いて後方より強く締めつけ、間もなく同女を窒息死させて殺害を遂げたものである」

一審、二審とも、事件が起きる発端は、大船貢がたまたま折茂宅を訪ね、美佐子から誘われてセックスをしようとしていたときに、折茂俊和が帰宅し、口論となり殺人事件に発展したと認定していた。

しかし、別件逮捕された父親は身に覚えのない殺人を否認し続けた。三カ月にもわたって拷問に近い取り調べを受けた。弁護団はそれを明らかにしていた。取り調べは朝食が済んだ後から始まり、夜十時まで、時には午前二時にまで及んだ。手錠をかけられたまま取調室で、あるときは署長公舎などの畳の部屋で長時間正座させられ尋問を受けていた。

強引な自白強要が行われたことは容易に想像できる。三カ月も自白しなかったのは、父親の意思の強さの表れであり、自分の潔白を主張したのは家族を守るためでもある。何も報われることなく死んでいった父が改めて哀れに思える。

検察側は自白の信用性を裏付ける客観的証拠を法廷に提出した。被害者の美佐子の死体の陰部から採取された三本の陰毛のうち一本が父親のものだというのだ。さらに折茂宅の私道に父親が運転していた軽トラックの車輪の跡が発見されている。父親の右手首に、鋭利な刃物による切創痕が見られた。犯行当時、家族と過ごしていたという父親のアリバイを否定する複数の証人も存在した。

しかし、最高裁は捜査官が知り得ない、いわゆる秘密の暴露が自白には見当たらないと、自白の任意性、信頼性に疑問を投げかけた。

自白によれば折茂宅に一時間ほど滞在し、お茶も飲んでいた。争いになり、折茂から奪った包丁も握っている。しかし、現場から四十五個の指紋が採取されているにもかかわらず、被告人のものは発見されていない。

常識的には理解できない。自白が真実なら、父親は手袋をはめてお茶を飲み、美佐子とセックスをし、二人を殺したことになる。検察側からは指紋が発見されなかった事実に対する合理的な説明は一切されていない。

犯行に使われたのは包丁、馬鍬の刃、タオルだ。自白によれば、俊和は折茂美佐子によって後頭部を馬鍬の刃で殴打され、その上で父親に止めを刺され、殺されたことになっている。その後で父は同じ馬鍬の刃で美佐子を殴打、タオルで窒息死させている。

犯行現場は血の海だったに違いない。二人が血だるまになっているのに、指紋どころか血の付着した衣類も何度家宅捜査をしても発見されていない。検察は困り果てたのか、鑑定書を提出し、美佐子を殴打しても返り血を浴びる蓋然性《がいぜんせい》は少ないとしている。

しかし、現場には美佐子の血液型と一致するA型、夫俊和のB型血液が大量に流れ出し、天井にまで飛び散っているのだ。現場検証の結果と鑑定書は明らかに矛盾している。頭部から流れ出す血液に触れずに、どのようにタオルで頚部を絞めたのか、検察はまったく説明していなかった。

馬鍬の刃は軽トラックの荷台に載せて運んだが、腐食していた荷台の穴から路上に落下したことになっていた。馬鍬は牧草地をトラクターで引いて耕すための農機具で、一本の刃の長さが三十センチにも及ぶ鉄の棒で先端は鋭い。その刃が横木に十本ほど取り付けられている。一本でも路上に落下すれば、当然、通行人によって発見される。あるいは発見され道の端に除去される。ところが折茂宅から大船の家までのどのルートにも馬鍬の刃は落ちていなかったのだ。凶器が発見されない以上、馬鍬の刃によって殺害したという自白は客観的裏付けを欠いたことになる。

当時、捜査は七カ月にも及び、捜査員はのべ七千三百八十五人にも達している。拾っても価値のあるとも思えない馬鍬の刃が最後まで発見されなかったという事実は、最初からそんなものはなかったと考えるのが自然だ。しかし、警察に自白を強要され、仕方なく思いついた凶器を自白したとも想像される。しかし、折茂の農機具置場からは一本だけ刃が取り外された馬鍬が発見されていた。馬鍬の刃で殺したのではないかという警察の誘導に同意したのかもしれない。いずれにしても自白そのものが不自然なのだ。

自白に不自然、不合理な点は次々に出てきた。午後八時半頃、折茂宅を訪ね美佐子に誘われセックスをしようとしたことになっている。しかし、美佐子から俊和はテレビの修理で外出していると聞かされているのだ。数時間前には、俊和からさんざ嫌味を言われている。いくら年齢の若い女性から誘われたからといって、いつ俊和が帰宅するかもわからないのに、父親がその誘いに乗るとは到底考えられない。

自白によれば、俊和が帰宅したとき、大船は布団の中で美佐子と一緒にいた。当然、二人の関係は疑われる。それにもかかわらず、しばらく三人は居間で話し合っている。次第に激しい口論となり、ついに俊和が逆上して刃物を振り回し始めた。振り回す包丁で、父親は右手首を切られたことになっている。その背後から馬鍬の刃を持った美佐子が俊和に襲いかかり、殴打して殺そうとした。後頭部から流血する折茂を放置し、父親は傷の手当てで隣の部屋に行っている。惨劇が起きているのに、平然と自分の傷の手当てをしていられるような父親ではない。

包丁で切られ、しかも止血しなければならないほどの傷だというのに、典子自身、父親のその傷を見ていない。警察が証拠として出してきた傷痕は、父親がバイクで転倒したときにできたもので、事件のはるか前のものだ。

居間に戻ると生き返らないようにしてほしいと依頼され、馬鍬の刃で殴打して殺した。犯行が露見することを恐れ、同じ馬鍬の刃で美佐子を殴り、タオルで絞殺した。

異様なのは美佐子の状態だった。下半身を露出したままで殺されていたのだ。

父親はB型、折茂俊和もB型、美佐子はA型だ。折茂俊和の衣服にはB型の血液が染み込み、美佐子の着衣からは本人のA型血液と夫のものと思われるB型の血液が検出されている。父親の自白によると、家の中を逃げ惑う美佐子を追い回し、最後は馬鍬の刃で殴打して失神させ、絞殺したことになっている。

自白通りに犯行が行われていたのなら、美佐子が履いていた厚手の靴下には、俊和の血液であるB型が染み込んでいなければならないはずだ。それがまったくないという現実は何を意味するのか。その一方で着衣にだけB型血液の大量の付着が見られるのは何故なのか。

三人で話し合っていたことになっているが、不倫の現場を押さえられた女性が、下着を脱いだまま、しかも精液の付着したパンティを放置して夫の前に出て、居間で言い訳などするだろうか。夫の帰宅を知った直後に下着を身に着け、布団を片付けるのが常識だろう。

折茂夫婦の血で居間はぬれている。仮に衣服に付かなくても、父親が居間を歩けば最低限靴下は血で汚れるはずだ。その靴下もない。その靴下で靴を履けば、当然その形跡は靴の中敷きに残るはずだがそれもない。あったのは警察に通報しようとガラス片を踏みながら室内を歩き、そのときに血が付着した靴下だけだった。それは上毛建設から支給された新品の作業用靴下で、父親の傷の手当てをした救急隊員が確認し、法廷でも証言している。

これらの矛盾を考え合わせると、父親は犯行時、その場所にいなかった。そして、犯行も検察の考えたストーリーのように展開したとは思えなかった。現場には父親以外の誰かがいて、折茂夫婦自身にも予測し得なかったことが起きたのだろう。

美佐子の寝巻きは、馬鍬の刃で殴られ絞め殺されている間にもがき苦しんで乱れた。しかし、それは上半身だけで、下半身は露出するようにたくし上げられていたのだ。美佐子が動かなくなった後、そうしたとしか考えられなかった。そんな猟奇的な行為を子煩悩な父親が絶対にするはずがない。

さらに箪笥《たんす》の中にしまわれていたもう一枚の寝巻きからは、AB型血液の男性の精液の付着が検出されている。その鑑定はまったく無視されていた。しかし、その男こそ犯人と言えるのではないか。典子はそう思った。美佐子が夫の俊和以外の男性と関係を持っていたのは事実だ。

物的証拠の中でも有力とされたのが陰毛だった。美佐子の陰部から三本の陰毛が採取されていた。そのうちの一本が大船貢のものとされた。しかし、最高裁はこの陰毛の証拠能力を退けた。理由は警察のでっち上げの可能性があるからだ。父親は対比鑑定用に任意で二十三本の陰毛を提出していた。そのうちの八本が紛失していたのだ。法廷でそれを追及され、警察は後にその八本を提出したが、それは陰毛ではなくて父親の毛髪だった。

弁護側は、そもそも美佐子の陰部から採取されたという父親の陰毛は、紛失した八本の中の一本ではないかとの疑問を呈している。陰毛八本が後に発見され提出された経緯について警察は説明しているが、それが何故毛髪と取り違えられたのか納得のいく説明がなされていないとし、最高裁は、証拠能力はないという判断を下している。

車轍痕《しゃてつこん》は事件の四日後に採取されている。この間に雨天の日があった。大船貢が運転する車と思われる磨耗したタイヤの車轍痕が発見され、それが証拠として提出されていた。

父親は事件のあった日の夕方と夜、二度にわたって軽トラックで折茂の家まで行き、夕方の訪問時には折茂俊和から文句を聞かされている。翌日、遺体が発見された朝も、建築現場の牛舎から玄関近くまで軽トラックで駆けつけている。その軽トラックには上毛建設の従業員も乗っていた。軽トラックの車轍痕が残ることは十分にありうる。なんら不自然な点はない。しかし、雨による車轍痕の変質にも言及せず、その車轍痕を犯行当時の夜に作られたものとは認められないと最高裁判決は明言している。

犯行時間の特定も杜撰《ずさん》極まりないものだった。一月六日、折茂俊和はテレビの不具合の修理を吉井町の電器店に依頼、その帰りに叔母の福留ヨシの家に寄り、午後七時頃から八時にかけて食事をし、焼酎を飲んでいる。福留ヨシの証言によれば、焼き魚一匹、大根オロシ、タコが約十五切れ、焼酎五勺《しゃく》ないしは六勺。これらを七時五十分までに折茂俊和はたいらげていた。

七時過ぎ、福留宅に電話が入っている。電話は福留ヨシが取り、美佐子からだった。折茂に代わると、「晩飯の用意をしていないので、叔母さんのところで済ませてきて」というものだった。八時過ぎに再びベルが鳴り、今度は折茂が直接取った。「すぐ帰る」と答えた折茂の様子から、急用でもできて、再び美佐子が電話をかけてきたのだろうと、福留ヨシは思った。

　福留の家を出たのは八時十五分か二十分頃だった。俊和はバイクで自宅に帰っていった。警察の聞き込みがローラー作戦で展開されたが、俊和が途中どこかに立ち寄ったと証言する者はいなかった。俊和は八時三十分頃には自宅に戻ったはずだ。

　一方、父親はどうだったのか。毎年購入している店に籾《もみ》を取りに行き、宮崎自動車に支払いが遅れている言い訳をし、その後、八時二十分頃、折茂の家に立ち寄っている。そのときは不在で、俊和が裏道から帰宅したのは、その直後だったと想像される。

　父親は県道から少し入った脇道で、折茂の帰宅を待ったが、会わないままその場を九時四十分頃離れている。父親が真犯人なら、この間に二人を殺害して帰宅したことになる。

　しかし、それには当然無理が生じる。折茂の壊れた時計から犯行推定時間は夜の十時以降とされていた。司法解剖の結果はさらに正確な犯行時刻を割り出していた。折茂俊和の胃の中からは、福留の家で食べたものはすでに消化されて、胃の中にはなかった。胃の解剖所見から食後経過時間は三時間から四時間と推定された。また血液中のアルコール濃度、膀胱《ぼうこう》尿の濃度から、飲酒後の経過時間は三時間二十分と割り出された。つまり犯行はどんなに早くても十一時前後でなければならない。

父親は十時頃に帰宅したと、本人も、母親も家族も一貫して主張している。折茂宅と大船の家は車で十分程度だ。父親が運転する車は、二人の人間にも目撃されている。しかし、後にこの二人は口を揃えたように証言を変え、一時間ほどそれぞれ目撃した時間を遅らせている。何故、そんなことをしたのか。

目撃時間の一時間後退は、司法解剖の結果と矛盾が生じるので、警察が誘導したためと思われた。母親の妙子はこの二人の証言を覆そうと、半狂乱になって家に押しかけた。あのときの母の恐ろしい形相は典子の記憶に深く刻まれていた。一時間のずれは大船貢の判決に大きく影響するのは明白だった。

母親は車の免許は持っていなかった。自転車で相手の畑に行って、もう一度、軽トラックを目撃した時間を正確に思い出してほしいと懇願した。しかし、しょせん無理な話だった。警察もマスコミも犯人は大船貢と決めつけ、ましてや軽トラックの目撃者は折茂家の遠縁に当たるのだ。

必死で食い下がる妙子に罵声《ばせい》が飛んだ。

「人殺しの女房が二度と来るな」

夜十時には家にいたと証言するのは家族だけになってしまった。

〈家族ぐるみで人殺しを隠そうとしている〉

吉井町にはこうした噂が乱れ飛んでいた。

警察は言い逃れをするための偽証だと父親を追いつめ、最後は犯行を認める自白を強要したのだ。裁判資料を読んでいると、よく三カ月も否認し続けたものだと、自分の父親ながら意思の強さに改めて驚きを覚えた。

理不尽な折茂に謝罪などに行くから不幸に巻き込まれるのだと、内心では苛立ち父親を責めた時期もあった。しかし、強引な捜査で逮捕し、起訴した警察、検察が最も悪いのだ。

裁判記録を読み終えて、沸騰直前のヤカンの湯のように憎悪が自分の中に煮えたぎってくるのを感じた。二人の人間を惨殺した上に、罪を父親になすりつけた真犯人は平然として、きっと今もどこかで生きているのだろう。犯人はいったいどんな人間なのか。

典子は自分なりに犯人像を思い浮かべてみた。三十代だった美佐子に魅力を覚える年齢を考えれば、当時二十代前半から四十代、現在は五十代後半から七十代半ばにかかる男性ということになるだろう。

美佐子はホステスをしていたというから、その頃の客かもしれない。折茂俊和の関係というよりも美佐子と人間関係のあった男の中に犯人がいるような気がする。それに犯人は性的には決してノーマルとはいえない。裁判資料の中には、事件のあった部屋の様子や折茂夫婦の死体の写真もあった。検察側が証拠として提出したものを、弁護側がプリントして父に渡していたのだろう。

　白黒の写真だが、美佐子の髪は血のりで固まっているのがわかるし、寝巻きのはだけ具合から相当激しい争いがあったことがうかがえる。それなのに寝巻きの裾《すそ》はきれいに腰の辺りで折り捲《ま》くられ、下半身が露出している。犯人が美佐子を殺した後、膣内への射精の形跡はないが、そばに放置されていたパンティには犯人のものと思われる精液が付着し、鑑識の結果、B型血液の男性のものと判明した。犯人は血まみれの美佐子の下半身に興味を示すような男であることは間違いないだろう。

　箱崎聡一郎の入院は一カ月半になろうとしていた。夏も終わり朝晩はかなり涼しくなり過ごしやすくなった。夏を乗り切ったことで、本人が希望するのであれば、退院も可能という水準にきていた。

　典子はその後も盗聴器をベッドの下に隠し置いて、箱崎の寝言を録音していた。毎晩、はっきりした声が録音できるわけではないが、「大船祐美」と「折茂美佐子」という名前を呟いているのは事実だった。二人の名前を出して、箱崎に直接確かめたいが、答えが得られるはずもない。

　典子はいつものように何気ない顔で、病室の箱崎を訪ねた。

「体調はいかがですか」

本から目を離して声のする方を見た。

「おかげさまで元気な頃と同じように集中して本が読めます」

箱崎は嬉しそうに言った。

「溝口先生のお話なんですが、もし箱崎さんが望むのであればご自宅の方で過ごされても、しばらくは問題ないそうですが、どうされますか」

箱崎は砂漠に一人置き去りにされるような不安を感じているのだろう。以前のようにすぐに返事はなかった。

「箱崎さんは高崎市内にお住まいなんですよね」

典子は確認するように聞いた。

「ええ、そうですが」

「私も毎日とはいきませんが、不安であればお住まいの方に、通勤の行き帰りにおうかがいして様子を見て差し上げるくらいはできますが……」

典子は深夜の盗聴だけでは、二人の名前を呻く理由は探し出せないと思っていた。箱崎の住まいを見れば、何か手がかりになるものが発見できるかもしれない。

「そんな勤務外の看護をさせては申し訳ないし、それに見合うものを支払う余裕は私にはありませんから」

箱崎は経済的な問題を心配しているようだ。

「お金の心配なら無用です。第一、そんなことをすれば病院の就業規則に違反します。箱崎さんのように一人暮らしの患者さんというのは、私もこの病院も初めてのケースです。これからも箱崎さんのような患者さんは予想されます。病院のケアも至らないところがあるかもしれません。ご自宅に戻られたときのケアを連携医に任せっぱなしにするのではなくて、この病院がどう関わるべきか、今後の参考にもなりますので、私たちの仕事の一環として考えてもらっていいと思います」

箱崎は静かに微笑んだ。しかし、それは安堵からくる笑みではなかった。唇の端に陰湿で得体の知れない魂胆が滲《にじ》んでいるように、典子には思えた。箱崎の正体を突き止めるには、多少の危険、不愉快な思いをするのは覚悟のうえだ。

「それなら安心して、自宅で本を読み、ビデオが観られますね」

「そうしていただくのが緩和ケアの本来の目的ですから」

典子は労《いた》わるような口調で答えた。しかし、心の中ではまったく別のことを考えていた。

退院は前回と同じように、箱崎はタクシーで帰宅していった。典子は改めて携帯電話の番号からメールアドレスまでを聞きだした。緩和ケア病棟に入院した患者やその家族の携帯電話の番号は、病院のパソコンに入力され、緊急時にはすぐに対応できるようになっている。また連携医も病院のコンピューターにアクセスすれば情報は引き出せる。

箱崎は自宅に着いたと同時に典子の携帯電話にメールを送ってきた。入院中のケアに感謝していますという形式的な挨拶だった。その後も箱崎は読んだ本や観たビデオのタイトルとその感想を短い文章で送ってきた。典子は充実した日々を送ってほしいと返信した。

退院してから一週間が過ぎた。箱崎が典子の訪問を、首を長くして待っている頃だと思った。典子は訪問の予定を箱崎に伝えた。長期入院を繰り返している箱崎は看護師の勤務ローテーションは把握している。夜勤明けや休日は避けた。夜勤前であれば、相手も長時間引き止めるのは遠慮するだろうと典子は思った。

高崎駅周辺では豪華マンションといわれる高層マンションの一室で箱崎は暮らしていた。典子は近くのパーキングに車を止めた。エントランスでインターホンを押すと、しばらく間があってから、「はい」という返事が聞こえてきた。酸素吸入器を外し、室内のインターホンのところに行くだけでも呼吸が苦しくなるのだろう。

「工藤ですが……」

典子はインターホンのカメラに向かって言った。

「お待ちしていました」

自動ドアが開いた。箱崎の部屋は最上階の十二階にあった。部屋はすぐにわかった。エレベーターを下りると部屋が一列に並び、ドアが半分ほど開けてあった。その隙間から典子が「失礼します」と挨拶すると「どうぞ」と返事が返ってきた。

玄関にスリッパが揃えておいてある。その隅には外出のときに使用する携帯用の小型酸素ボンベがキャリーに積み込まれている。廊下が真っ直ぐに延びていて、左側にはトイレ、バス、キッチンが並び、右側には二つ部屋が並び、突き当たりがリビングルームになっていた。リビングの外はベランダになっている。カーテンは隅に寄せられていて、窓からは紅葉を始めた榛名山が遠くに見えた。

リビングにはソファ、テレビ、テーブルなどの家具が置かれ、壁際は書棚で、すべて背表紙が見えるように並べられていた。几帳面な性格なのだろう。ミステリーが好きなのか、松本清張全集が全巻揃えられている。

酸素は居間と寝室の二部屋にボンベが置かれている。ソファに深々と腰を下ろすと、すぐにカニューレを鼻孔に挿入した。酸素がないとすぐに苦しくなるのだろう。

「いかがですか、ご自宅での生活は？」

箱崎に向き合うように典子は座った。

「インターネットで本は注文し、宅配便で届けてもらえるので、面白そうな新刊本は片っ端から読んでいます」

レンタルビデオ店にも体調のいいときは借りに行っているようだ。

「何か問題があるようでしたら、遠慮なくお申し付けくださいね」

「レンタルビデオを借りに行った帰りなど苦しいときは、酸素を自分で調節するんですが、どのくらいまで量を上げていいのかよくわからないんです。もう歩けないほど苦しいときは、この辺りまでとか、少し苦しくなったらこの程度上げたらいいとか、調節する指針のようなデータがあれば助かります。以前の自宅療養は病院とまったく同じにしていれば、快適に過ごせたんですが、やはり体力は落ちていると思います」

「わかりました。それでは医師に相談して数値を送ってもらうようにします。箱崎さんのパソコンのメールアドレスを教えてくれますか。携帯のメールよりはパソコンの方が詳しくデータを送信できると思います」

「パソコンは書斎に置いてあるんです」

箱崎はカニューレを外し、書斎に行こうとした。玄関に近い方の部屋が書斎らしい。窓際にパソコンデスクと机が二つ並んでいる。やはり壁には本棚が置かれ、ミステリー関連の書籍で埋まっている。パソコンの電源は入ったままでスクリーンセーバーがかかっていた。書斎の窓からも高崎市内の風景とその遠くに榛名山が見える。

「携帯用の酸素をお持ちしましょうか」

「いや、いいですよ。アドレスくらいすぐに出ますから」

箱崎はアウトルックエクスプレス画面を出して、自分のメールアドレスを読み上げた。典子はそれをすぐにメモした。

「医師の方にこのアドレスは伝えます」

「工藤さんもパソコンはお使いになるんですか」

「ええ、仕事上の連絡事項などもどんどんメールで送られてきますから」

「差し支えなかったら工藤さんのメールアドレスを教えてもらえませんか」

「いいですよ」

　箱崎は慣れた手付きで、典子のアドレスを入力していった。酸素吸入器を外してまだ十分も経過していないのに、苦しそうな様子だ。しかし、呼吸は荒くなっていない。携帯用のボンベを持ってこようと、玄関に取りに行こうとすると、箱崎はそれを制した。

「リビングに戻るので、手を貸してくれませんか」

　典子がパソコンデスクの前に歩み寄ると、箱崎が肩に手を掛けた。箱崎の腰に手を回し、脇から抱きかかえるようにして箱崎を椅子から立たせようとした。立ち上がると、典子に寄りかかったまま歩き、ソファに倒れ込むようにして座った。

　典子もその弾みで一緒にソファに腰を下ろす格好になった。箱崎の呼吸は乱れていない。肩にかけていた手が、同時に典子の腰に伸びてきた。箱崎はやはり苦しそうに装っているだけなのだろう。少なくとも腰をまさぐる余裕はあるのだ。さりげなくソファから立ち上がり、カニューレを手渡すと、箱崎はそれをすぐに鼻に挿入した。

「いつもパソコンを使うときはどうされているんですか」

「少し長く座るときは携帯用の吸入器を使っていますが、パソコンを居間に移動させるつもりです」

「では、今度来たときにはお手伝いします」

典子は身支度を始めた。

「では今日はこれで失礼します」

「私はここで失礼させていただきます」

酸素なしでは室内の移動も苦しいのだろう。

「あっ、聞き忘れるところだった」

典子が思い出したように言った。

「何でしょうか」ソファから典子に視線を送りながら箱崎が聞いた。

「睡眠の方は十分に取れていますか」

「ええ、それは病院にいるときと同じように眠れています」

「それはよかった。医師の方にもそう報告しておきます。病院ではよくうなされていたから少し気になっていました」

「同じ部屋の患者さんに迷惑をかけたかもしれませんね」

「深夜病室を見回っているときに、大きな声で女性の名前を言われるので驚いたことがありました」

「女性の名前ですか」

不思議そうな顔をした。箱崎には夢の記憶が本当にないのかもしれない。

「ええ、確かオリモミサコって言ったかと思います。きっと楽しい夢でも見ていらっしゃるんだろうと……」

典子は悪戯《いたずら》っぽい笑みを浮かべて言った。

箱崎の顔色が一瞬にして変わった。

「何かの聞き間違いではないですか」

「いいえ。はっきりとそうおっしゃっていました。それは複数の看護師が聞いています。お知り合いの方ではないのですか」

箱崎は何も答えなかった。

「もう、こんな時間、行かないと遅れますので」

典子は部屋を出た。やはり折茂美佐子と箱崎の間には何か接点があったのだろう。箱崎は血の気が引いて顔が青ざめていた。楽しい夢であるはずがない。折茂夫婦惨殺事件のとき、箱崎は吉井町かその近辺に住んでいたはずだ。美佐子と接触があったとしても不思議ではない。それだけではない。姉の祐美が通っていた中学で箱崎は教壇に立っていた。吉井町での箱崎の足跡を調べる方法はないのだろうか。病院まで車を運転しながら、典子はそればかりを考えていた。

一九六八年四月から七〇年三月まで吉井町のS中学で勤務していた。卒業アルバムには教職員の住所も記載されているはずだ。

生きていれば姉も七〇年春に卒業していたはずだ。古い記憶を手繰《たぐ》り寄せ、地元に残る姉の同級生を頭に浮かべた。小さな田舎町のことで、生徒もそれほど多くない。しかし、女性の多くは結婚して町外に出ていってしまっていた。結婚して本庄市で暮らす同級生が一人いた。

彼女は病弱な子供を連れてA総合病院の小児科に治療に通ってきていた。子供が高熱を出していたので、小児科外来の診察順番を早くするように、小児科の看護師に頼んでやったことが契機になって、病院で会えば挨拶するようになっていた。彼女ならアルバムを借りるくらいは問題なくできるはずだ。

典子は姉の同級生のところに電話を入れた。典子が子供のその後の様子を尋ねると、相手は「風邪を引きやすく、すぐ学校を休んでしまう。体質改善するいい方法はないかしら」と聞いてきた。

「焦らずに、あまり薬に頼らずバランスの取れた食事を心がけること。それだけでも体質改善にはかなりの効果があります。嫌いだからといって野菜などの摂取量が不足すると、抵抗力が弱くなり、風邪など引きやすくなってしまいます」

しばらく育児の話をした後、典子はアルバムについて切り出した。

「実はS中学の七〇年卒業のアルバムをちょっと見たくて探しているのだけれど、あなたは七〇年卒よね」

「そうよ。押入れの奥にしまってあるわ」

「すぐに返すから見せていただけるかしら」

「ええ、いいわよ」

相手は理由も聞かずに了解してくれた。数日後、病院の受付ホールから典子に電話が入った。その日も子供を連れていた。火照《ほて》った顔でぐったりしている。熱があるのだろう。

「これ、アルバム」

典子はそれを受け取り、子供の額に手を当てた。

「来て」

典子は子供の手を引いて、小児科外来に急いだ。順番待ちの椅子に座らせると、小児科に入り、高熱を出しているので優先してほしいと看護師に頼んだ。

「早く診てくれるように頼んでおいたから」

小声で伝えて、緩和ケア病棟に戻った。

第五章　接点

帰宅した典子は七〇年の卒業アルバムを開いた。教職員の写真が掲載されているページを見た。箱崎聡一郎の顔写真からは、女子生徒に慕われそうな優しい印象を受けた。本来なら姉の祐美の写真も掲載されているはずだったと思うと、ページを捲《めく》る度に気が滅入る。アルバムの最後の方に教職員、生徒の住所録が記載されていた。近所のコンビニでそれらをすべてコピーし、アルバムを宅配便で返した。

典子はその足で箱崎が三十数年前に住んでいた家を訪ねた。吉井町の中心部から少し離れたところにあるが、S中学にはさほど遠くはなかった。以前、周辺は田畑ばかりだった地区だが、今は一戸建ての住宅が建てられ、新興住宅地になっていた。その一角に老朽化が目立つ同じ造りの家が三軒ほど立ち並んでいた。この借家からS中学に箱崎は通ってきていたのだろう。

翌日は休みだった。吉安亜紀から電話が入った。

「吉井町でさ、箱崎にレイプされて自殺した子がいるって、前に話したでしょ。その話をしてくれたのは、伊勢崎でホステスをしている朱美っていう友人でさ。朱美が働いているラベンダーっていうバーなんだけど、そこのママから聞いたって言ってたわよ」

「朱美さんっていう方も箱崎からセクハラされたのかしら」

「触られたくらいはしたんじゃないの。店が始まる前にホステス同士で、何がきっかけでその話になったか知らないけど、箱崎の話をしていたら、その先生なら知っているって、ママが昔の話をしてくれたんだってさ」

「そのママの名前はわかるかしら」

「あなたの姉さんのこともママに聞いたら何かわかるかもしれないと思って、聞いておいてあげたわよ。ママも吉井町に住んでいたらしく、年齢的にはあなたより三、四歳くらい先輩かもしれない」

　吉安は面倒見のいい性格らしい。名前、住所、連絡先を聞きながらメモした。名前は内海《うつみ》今日子《きょうこ》といった。

「朱美に事情を話してあるから、藤岡のA総合病院の看護師だといえば、すぐに話は通じると思うわ」

　典子は丁重に礼を述べた。受話器を置くと、コピーした名簿を取り出した。年齢的には姉の祐美と同じくらいだ。結婚していれば姓が変わっている可能性もあるが、今日子という名前が掲載されているか確かめてみた。

「一学年には三クラスしかない。名前を辿《たど》っていくと、内海今日子という名前はすぐに見つかった。彼女は結婚していないらしい。あるいは離婚して元の姓に戻っていることも考えられる。典子はすぐに電話を入れた。

「お姉さんを捜しているという看護師さんね」

内海は水商売が長いせいなのか、応対にそつがない。

「一度、お会いしていただけないでしょうか」

「開店前にお店の方に来ていただければ、三十分くらいならかまいませんよ」

ラベンダーで夕方六時に会う約束をした。店はバーやスナックだけが入っている雑居ビルの三階にあった。内海は和服姿で、銀座や赤坂でも通用するような気品を漂わせ、カウンターの椅子に座り、電話で酒の注文をしていた。二人のボーイが開店前の清掃に追われている。

典子に気がつくと、受話器を手で押さえて「工藤さんですよね」と確かめてから、ボックス席に座るように勧めた。典子の方を振り向いたときに顎《あご》の下にあるホクロが見えた。すぐに内海がやってきて典子の前に座った。典子は名刺を出した。

「亜紀が入院した病院で働いていらっしゃるのね」

「お話は吉安さんからお聞き及びかもしれませんが……」

「この世界は長いのですが、お役に立てるかどうか……。中学を卒業してからずっと東京で暮らしてきたけど、ホステスをするには年齢的にも限界がきていたし、両親が高齢で世話をしなければならないという事情もあって、こちらに戻ってきたのよ」

「私の姉は二十歳くらいから都内の飲食店で働くようになったのですが、ある日を境に音信がパタリと途絶えてしまったんです」

「父の人生を奪った真犯人を絶対に許さない。必ず見つけ出してやる」と怒りの気持ちを書きなぐった手紙が最後だった。ほとんど怒りを口にしなかった靖子の意外な文面に、典子は驚きを覚えたのを記憶している。

典子も古傷をえぐられるような中傷を何度も受けてきた。その度に怒りを抑えて生きてきた。同じようなことが靖子の身にも起きたのだろうと典子は想像した。

ホステス寮には荷物がそのまま残されていて、引き取るように管理人から告げられた。

「寮から突然姿を消すホステスは、九分九厘かけ落ち。男ができたんだよ。変な男に引っかかったのなら、数カ月後にはまい戻ってくるから心配ないよ」

管理人は慰めるでもなく、嘲笑を浮かべながら言った。

警察にも捜索願いを提出したが、捜してくれている様子はなかった。

「お姉さんのお名前は？」

内海は名刺に視線を落としながら聞いた。

典子は一瞬言いよどんだ。

「靖子というのですが……」

「工藤靖子さんでよろしいのでしょうか」

典子は靖子の消息を知っているものなら教えてほしいと思っている。しかし、最も気になるのは、内海今日子が「箱崎にレイプされて自殺した生徒がいる」とホステスの朱美に打ち明けていたことだ。

内海は姉の祐美と同級生だ。もし、それが姉ならば、姉と箱崎の間には家族も知らない接点があったのかもしれない。そうでなければ姉以外にも自殺した同級生がいたことになる。

「工藤は別れた夫の姓で、旧姓は大船といいます」

内海は軽い驚きの表情を見せたが、すぐに元の温和な顔に戻っていた。吉井町で大船といえば、反射的に折茂夫婦殺人事件を思い出すはずだ。

「私には二人姉がいて、長女は祐美、二女が靖子で、靖子が行方不明なんです」

「エッ、では工藤さんは祐美さんの妹なの。やはりあの事件の……」

「姉をご存じでしたか。実はS中学七〇年卒業のアルバムを開いていたら、内海さんのお名前を見つけ、それでどうしてもお会いしたく無理をお願いしました」

「無理だなんてとんでもないわ。三十七年も経ってクラスメートの妹さんが訪ねてきてくれるなんて、これも何かの縁だわ」

内海はボーイにビールを持ってくるように言った。小さなグラスに冷たいビールが注がれた。「どうぞ」と典子にも勧め、一気に飲み干すと内海が聞いた。

「お父さんはいかがですか」

「無罪判決を聞くと、母のあとを追うようにして亡くなりました」

「さぞや無念でしたでしょうね」

「ええ、しかし、時間は戻らないし、そのことはあまり考えないようにして生きてきました。ついこの間までは」

「お父さんの件と靖子さんの失踪と何か関係があるとでも……」

「父の逮捕後はいくら無実を訴えても、耳を貸してくれる人は皆無でした。靖子はそれが嫌で、知っている人のいない東京に出たんだと思います。最高裁で差し戻し判決が出たときも、高裁で無罪判決が出たときも新聞やテレビで報道されたのに、電話一本かかってきませんでした。内海さんがもし何か知っていれば、どんな些細《ささい》なことでもいいから聞かせていただければと思ったんです」

「そうなの。でも、私も東京を離れてずいぶん年月が過ぎてしまっているから、なんとも言えないのよ。頑張って自分のお店を開けた昔の仲間もいるから聞いてはみるけど、年齢的に自分のお店を開けていなければ、水商売の世界にはいないと思った方がいいわよ。この界隈でも店を開けているという話を聞かないし……」

内海の言う通りだと思った。店のオーナーになっていれば別だが、銀座、赤坂、新宿の水商売の世界で五十歳近いホステスが生きていけるはずがない。しかし、典子の思いは靖子ではなかった。

「役に立てなくてごめんなさいね」

内海が労《いた》わるような口調で言った。

「実は内海さんにぜひお会いしたいと思った理由はそれだけではありません」

典子もビールを空けた。

「S中学に箱崎聡一郎という社会科の先生がいたのをご記憶ではありませんか」

内海の表情が一瞬にして、突然冷水を浴びせかけられたような顔に変わった。箱崎について何かを知っているのだろう。そうとしか思えなかった。

「私たちが通っていた中学には確かに箱崎先生はいましたが……」

それまで落ち着き払っていた内海の言葉が微かに震えて聞こえる。内海は困惑し、脅《おび》えているようにも見える。内海から話を聞くためには、事実を伝えるしかないと判断した。

箱崎が緩和ケア病棟に入院し、典子が偶然担当することになった。眠っているときに大船祐美、そして折茂美佐子の名前を、寝言だがはっきりと口にしたのを典子は聞いた。

　内科の入院患者だった吉安亜紀から、箱崎が赴任した学校で性的虐待を繰り返していた事実を知らされた。典子自身も看護中にセクハラを受けていた。

「吉安さんから、箱崎にレイプされて自殺した生徒がいたことを聞きました。その生徒は吉井町に住んでいたそうです。箱崎がS中学で教えていたのは二年間だけ、その間に自殺したのは私の姉だけです。姉の自殺の原因は父親の殺人容疑だと、私も家族もそう思って諦《あきら》めてきました。でも、吉安さんの話、そして箱崎の寝言が重なって、私たちが知らない何かがあるのではという気がしてきたのです」

「その噂の発信源が私だったということね」

　典子は黙って頷いた。内海のグラスは空になっていた。「もう一本、お願い」内海はボーイにビールを持って来させた。注がれたビールで喉を潤すと語り始めた。

「確かに吉井町の生徒が自殺した話をしたことはあります。でもそれは祐美さんではなく別の生徒、それも祐美さんの死から五年後で、彼女が高校を卒業して一年半くらい経過した頃のことだったの」

　内海は時間を気にし出した。客が来る時間にはまだ早いはずだが、気の進まない話なのだろう。ホステスが「おはようございます」と挨拶しながら店内に入ってきた。

「差し支《つか》えない範囲で結構ですから、聞かせてもらえないでしょうか。このままでは喉に何かが詰まったようで、本当に私、苦しいんです」

「わかるわ」内海は典子の言葉に共感してくれた様子だ。

自殺したのは祐美や内海の同級生で太田潤子といった。

「二人とも私の友だちだった」

「潤子さんって、もしかしたら太田孝三郎さんのお嬢さんではないでしょうか」

「そうです」

太田孝三郎も地元では手広く農業を営み、吉井町の大地主だった折茂家とは親戚関係にあたる。父親は籾を買いつけた後、太田が運転する車を追い抜いている。その時間を法廷では一時間遅らせて証言した一人だ。

内海は祐美の自殺前日の様子を知っていた。

「祐美さんのこと、お母さんから直接お聞きになっていないのでしょうか」

父親の逮捕だけでも母親には背負いきれない現実なのに、祐美の自殺など到底受け入れられなかったのだろう。典子は母親から祐美の死について何も聞いてはいなかった。

「自殺する前日、私は祐美さんと会っています」

内海によると、女子生徒の間では箱崎の女子生徒への悪戯《いたずら》はうすうす話題になっていたという。しかし、実際に性的虐待を受けたと証言する生徒はいなかった。父親が逮捕され、その後、クラスでも冷ややかな視線が注がれ孤立する姉をかばったのが箱崎だった。祐美はその箱崎を信頼していたという。

「箱崎先生は皆から誤解されていると、しきりに祐美さんは言っていました」

「姉は学校以外の場所でも箱崎先生と会っていたのでしょうか」

「確か火曜日の午前の授業中に悲しい知らせが入ったのを覚えている。だから箱崎先生と最後に会ったのは日曜日、場所は先生の家ではないかと思うわ」

内海の記憶は正しかった。日曜日の夕方、姉は家にはいなかった。翌月曜日、いつものように学校に向かったが、実際には欠席になっていた。夜になっても帰宅せず、母親は警察に届け出た。状況から警察は失踪扱いにはしなかった。父親のことが原因で家出したのではないかと判断したのだ。

火曜日の朝になり、母親は地元の消防団に頼み込んで近くの山中を捜索してもらった。一報が入ったのは午前十時前後だったと典子は記憶している。変わり果てた姿となって祐美は発見された。

「内海さんは姉の死の原因はなんだと思いますか」

「クラスの雰囲気は最悪で、殺人犯の娘というレッテルを貼られ、あの日から祐美さんは虐めというより完全に無視されていました」

それは典子も同じで、虐めがどんなものか鮮明に記憶している。

「言いにくいけど、やはりお父さんの事件が原因ではないでしょうか……」

内海は語尾を濁らせた。祐美の自殺に割り切れない思いを、今も引きずっているような口振りだ。

「これから話すことは、私の個人的な想像だと思ってくださいね」

内海の口調は冷静だが、心を決めて話そうとしているのがうかがえる。

「潤子さんは一浪して東京の大学に合格していました。東京で再会しいろいろ話し込んで、その一週間後に潤子さんは都内の自宅で自殺してしまった」

「潤子さんの自殺については何も知りませんでした」

「自殺の事実は伏せられて、葬儀も都内で身内だけでひっそりとされたと聞きました。今でも周辺の人は病気で急逝したと思っているはずよ」

「何故、そんなことを？」

「私にもわかりません」

内海と潤子が再会したとき、どんな話からそうなったのか、内海は記憶していなかったが、祐美の自殺が話題になったらしい。

「祐美さんも私も、地元で働いて結婚したら専業主婦になるって、それくらいしか将来のことは考えていなかった。祐美さんが生きていれば三人で成人式を迎えられたのにね、なんていう話をしたんだろうと思うのよ」

三人は事件が起きるまでは仲良しだった。経済的には潤子の家庭は恵まれていて、高校も最初から私立高校を目指していたし、大学に進学するように両親から求められていた。しかし、潤子自身はそれを重荷と感じていたようだ。

中学時代から家庭教師がついていた。それに反発して潤子は中学に入ってから荒れ始めた。不良連中の車で高崎あたりまで遊びに出かけ帰宅するのは深夜ということもしばしばあったらしい。欠席も多かった。それで、箱崎の補習授業を受けている最中に性的虐待を受けていたようだ。

「吉安さんの話でも、箱崎が狙うのは学校でもワルと言われる子ばかりだと言っていました」

田舎のことで、潤子の行動は目立った。誰も彼女の本当の気持ちなど理解していなかった。そこに箱崎は付け込んで、最後には自宅にまで呼びつけたらしい。私立高校に進学できなければ、父親から激しく叱責される。それが恐ろしくて潤子は箱崎の言いなりになっていたのだろう。

「潤子さんは性的虐待を箱崎が異動になるまで受けていたのかしら」

「祐美さんが亡くなられた直後から、それがピタリと止《や》んだそうよ。それで、私は祐美さんが亡くなる直前に箱崎のところに行くと言っていたのを潤子に漏らしてしまった。その話をあのときに知っていれば、絶対に行かせなかったって悔やんでいた」

「やはり姉もレイプされていたと思いますか」

「それは亡くなった祐美さんと、箱崎にしかわからないわ」

内海は当時、箱崎に深い疑惑を抱いていた。そして何気なく潤子に話したことが重大な結果を生むとはそのときには思っていなかった。

一週間後、潤子は変わり果てた姿となって発見された。

「私が余計なことを言ったことが原因ではないかと、今でも申し訳ないという気持ちになるのよ。何故、二人が死ななければならなかったのか。その本当の理由を私も知りたいわ」

内海は時計を見た。客が来る時間なのだろう。典子は心から礼を言って、ラベンダーを出た。

典子の心は乱れた。祐美の自殺の原因を突き止めるどころか、姉の他にも太田潤子という姉の同級生が自殺していた事実を告げられた。何故、潤子は自ら死を選んだのだろうか。それに家族によって自殺の事実が隠され、肉親だけで葬儀が行われたのも不思議だった。

祐美の自殺の背景には、今まで考えていた以上に複雑な理由が絡みあっているのかもしれない。いったいどこから解いていったらいいのか。箱崎に直接確かめたいが、眠っていたときにうなされて口走った言葉などを問い質《ただ》しても、一笑に付されるに違いない。典子は潤子の父親、太田孝三郎を訪ねてみようと考えた。

太田は父を目撃した時間をいとも簡単に否定し、一時間遅らせた。太田が証言を翻《ひるがえ》したことによって、父親とすれ違ったと証言した小宮山も太田の証言に合わせるように時間を遅らせた。

典子は休日を利用して太田孝三郎を訪ねてみることにした。実家からさほど遠くないところに、今も太田は住んでいる。殺人事件が起きる前は特に親しいわけではないが、付き合いはあった。今はまったくないが、典子がA総合病院で看護師をしているくらいは太田夫婦も知っているはずだ。

太田と折茂が親戚関係であることを思えば、親戚夫婦を殺した犯人に有利な証言など拒絶するのが当たり前だ。時折、近くのスーパーマーケットなどで顔を合わす機会はあるが、双方にしこりが残り、挨拶も交わさなかった。

太田夫婦には自殺した潤子の他に長男もいたが、都内の大学を卒業すると故郷には戻らず、そのまま東京でサラリーマンとして生活をしているらしい。牧畜業も夫婦二人だけでは労働力不足で、今は野菜の栽培と自給用の米を作る程度のようだ。

家に行くと、太田孝三郎の妻が庭先で花壇の手入れをしていた。典子は車から降りて、孝三郎に会いたいと告げた。妻はむしった草を放り投げると、家の中に消えた。

すぐに孝三郎が出てきた。

「大船さんところの娘さんだよな」

確かめるように孝三郎が聞いてきた。直接に面と向かって話をするのは、三十数年ぶりだ。

「何の用事だ」

まったく愛想のない冷ややかな対応だ。

「おうかがいしたいことがあって来ました」

「何だね。オヤジさんは気の毒だったとは思うが、俺に文句を言われてもいまさらどうにもならねえぞ」

孝三郎は父親の目撃時間を巡って、典子が文句を言いに来たとでも思っているようだ。

「父の件でやってきたわけではありません。潤子さんについて知りたいことがあって、それで……」

「潤子のことで」

孝三郎は典子の話を途中で遮《さえぎ》った。

「そうです」

「もうとっくの昔に死んでしまっていねえよ」

「亡くなられたのは知っています。私が知りたいのはその理由です」

「今さら」孝三郎は吐き捨てた。

「自殺したというのは事実なんですか」

「どうして知っているんだ」

「やはり事実なんですね」

「理由は俺たちにもわからねえんだよ。進学をうるさく言いすぎたのかもしれねえが、それだけで首を吊るとも思えねえ。大した大学ではねえが合格し、東京で新たな生活を送るようになっていた。それより何で今頃、そんな話を聞きに来たんだ」

典子は経緯を話すことにした。しかし、箱崎の名前と内海今日子から聞いた話は伏せた。

「すると元教師の患者の寝言が気になって調べているとでも言うんか」

「そうです。同級生たちの話を聞いていると、姉はその教師を頼って自宅に行った翌日に自殺しています。潤子さんは高校を卒業して二年目にその話を同級生から聞いて、その一週間後に亡くなったと聞きました」

「その教師っていうのは誰なんだ」

孝三郎の顔は険しくなり、眉間《みけん》に縦皺《たてじわ》を寄せた。典子は押し黙ってしまった。

「俺も女房も潤子の自殺は今もって理由がわからねえんだ。なんでもいいから手がかりになりそうなことがあったら教えてくれ」

それでも典子は沈黙した。

「オメーが怒るのは無理もねえ。バチが当たっていると思っているんだ。俺も真実が知りてえんだ。この通りだ」

孝三郎は頭を深々と下げ、土下座でもしそうな勢いだった。

「こんな庭先では話もできない。中へ入ってもらって、話はそれからしたらいい」

妻が切り出した。典子は勧められるままに家の中に入った。広い玄関で、入って右側がダイニングキッチン、左側は二間続きの和室で、一つは居間として使っているようだ。襖は開け放たれたままで奥の部屋には仏壇があり、潤子の遺影が飾られていた。

「話を聞かせてくれって言っても、都合のいい話だよな。それくれえは俺にもわかる。今となってはすべてが手遅れだが、あんたのオヤジさんにもオフクロさんにもすまねえことをしたと後悔しているんさ」

置かれているテーブルの前に胡坐《あぐら》をかくなり言った。テーブルの上にはポットや急須、茶碗が用意されていて、すぐに妻がお茶を淹《い》れた。典子がそのお茶に手を伸ばす前に孝三郎は憑《つ》き物に憑かれたように話を始めた。

「娘かわいさにとんでもねえことをしてしまったんさ」

苦い頓服《とんぷく》を水なしで飲んだような顔を孝三郎はした。

「オヤジさんの車に追い抜かれたのは、確かに十時頃だったんだ。その時間があんなに重要だとわかったんは、裁判が進んだずっと後だったんさ。訂正しようにも、警察も検察も相手にしてくれなかった」

典子は目の前が暗くなるような激しい怒りを覚えた。何度も考え直してくれるように頼みに行った母親を罵倒し、二度と来るなと罵詈雑言《ばりぞうごん》を浴びせていた孝三郎が、いとも簡単に自分の証言が誤りだったと認めている。

〈なんでそれを法廷で証言してくれなかったのか〉

あまりの怒りで体が震えた。

「親バカで、娘がどんな状態にいるのかも知らねえでいたんさ」

孝三郎は潤子が陵辱《りょうじょく》されていた事実をどうやら知っているらしい。

「あんたもいろいろ調べたんだろうから、隠しても仕方ねえだろう」

孝三郎は事件後の捜査について語り始めた。当初から大船貢は捜査線上に上がっていたようで、父親の言動、性格などの聞き込みが周辺の住人に対して行われていた。犯行当日の夜については、最初の聞き込み捜査の段階では「十時頃」と孝三郎は答えていた。

「事件が起きて、あんたのオヤジさんが逮捕される前だったと思う。箱崎先生から潤子のことで内々に相談があるからと、自宅に呼び出されたんさ」

深夜遅くまで繁華街で遊ぶなどの問題行動は、孝三郎も認識していた。成績に関わることだと思い、箱崎の家に駆けつけた。

〈潤子さんの行動は、学校が問題にしているほど悪いものだとは思わないし、補習授業も受けてくれたので、批判はあるかもしれないが二学期は4の評価を与えた。進学問題でしきりに不安を訴えていたので、勉強を私の自宅でしていた。事件のあった夜、確か八時半頃まで私の家で勉強していたと思う。時間が時間であり、二人だけというのが知られてしまうと、校長や教育委員会から問題にされる。ＰＴＡからは差別待遇だといわれかねない。潤子さんが私の自宅で受験勉強をしていた事実はもちろん公にしないが、ご両親は承知していたことにしてほしい。あの夜は潤子さんと入れ替わりに、お父さんが来られて、私と二時間ほど進学相談をして帰ったということにしてほしい〉

孝三郎は箱崎が問題教師だとは知らなかった。わかっていたのは一部の非行歴のある女子生徒くらいだった。孝三郎にしてみれば、箱崎は潤子に目をかけてくれている好感の持てる教師だったのだろう。

「俺はその場で了解したよ」

しかし、警察の聞き込み調査を孝三郎はすでに受けていた。警察には「十時頃、大船貢の運転する車に追い抜かれた」と証言していたし、箱崎の依頼もそれほど重要なものとは考えていなかった。警察も重要視していなかったのか、孝三郎のところにはそれほど足を運んでいない。

様相が一変するのは、逮捕後だった。警察が何度も訪ねてきては、追い抜かれた時間を確かめにきたのだ。

〈以前は十時頃って言ってたが、もう一度思い出してみてくれ〉

刑事のこの言葉に、孝三郎は反射的に箱崎との約束を思い出した。

「そうさなあ、箱崎先生のところに八時半から二時間くれえいたからなあ。それから帰ったんで十一時近かったかもしれねえな」

このときに証言した時刻が裁判所では採用された。折茂俊和の司法解剖の結果、胃に残された内容物から犯行時刻は十一時前後でなければならなかった。警察もそれに気づき、辻褄《つじつま》を合わせる必要が生じたためだろうと典子は思った。

「潤子さんはあの日、本当に箱崎の家にいたのでしょうか」

「後で聞いたんだが、七時近くまで実際にいたそうだ」

「本当に勉強をしていたのでしょうか」

典子は孝三郎がどこまで事実を把握しているのか、それを聞きたかった。

「あのときは、潤子の言葉を信じたよ。私立高校に合格してもらいたいし、それでつまらねえことでケチがついてもいけねえと思ってさ、警察には十一時頃って答えちまったのさ」

「箱崎先生はいろいろ噂の多い先生だったというのをご存じですか」

「それも後で知った。すべてが後の祭りさ」

孝三郎は冷たくなってしまったお茶を一気に飲んだ。潤子の自殺に箱崎は何らかの関与があったと太田夫婦は疑っている様子だった。

「折茂の女房の名前や祐美の名前を口走ったその患者だけど、それは箱崎か」

孝三郎はいちばん知りたいことを単刀直入に聞いてきた。典子は無言で頷いた。

「実は姉の同級生から、潤子さんの亡くなる直前の様子を聞きました」

内海の名前は明かさなかったが、潤子と再会したときの様子を伝えた。そこまで詳細には知らなかったのだろう。孝三郎は全身の血が逆流したような顔つきに変わった。

「私の姉が死ぬ直前に箱崎を訪ねたことを、同級生から聞かされて潤子さんは内心では激しく動揺したのではないかと思いますが、家ではどうだったのでしょうか」

内海から話を聞き、自殺はその一週間後だ。

「折茂夫婦が殺された事件についてしきりに聞いてきた」

「何を潤子さんは知りたがっていましたか」

「もう昔の話でほとんど忘れたが、俺の証言が午後十時から十一時に変わったのをすごく気にしていて、それをしつこく聞かれたのは記憶しているよ」

「それでどう答えたんですか」

「今、話した通りに説明したよ。そうしたらその二日後に自殺だ」

祐美の自殺の裏には、箱崎の性的虐待があったことが想像できる。それを知った潤子は激しく後悔したに違いない。しかし、それだけで自殺を選ぶとも思えなかった。

「潤子さんは遺書など何も残されていないのでしょうか」

「何もない」

孝三郎が即座に答えた。

ずっと夫の横にいて口を挟まずに聞いていた孝三郎の妻が言った。

「亡くなる前日に、祐美さんを自殺に追い込んだのも、祐美さんの家をメチャクチャにしたのも、私たちなのよって、泣きながら喚いていいました」

いったい潤子は何を伝えたかったのだろうか。

孝三郎は典子の話を聞き、さらに混乱し、心の闇はさらに深くなったように感じられた。

自宅に戻り、孝三郎から聞いた話を電話で内海に伝えた。内海は冷静に典子の話を聞いていた。

「潤子さんは一見不良に見えたけど、本当は心の優しい子だった。祐美さんは箱崎にレイプされたと確信し、その上、箱崎は潤子さん自身に対する性的虐待を隠蔽《いんぺい》するために、父親までも巻き込み、自分の都合のいいように証言させた。それに迂闊《うかつ》に乗ってしまった自分の父親の証言が、大船貢さん逮捕の有力な証拠となっているのに気づいて自殺したのかもしれないわ」

典子も同じことを感じていた。しかし、証明する方法がなかった。

第六章　合流

Ａ総合病院で連携医を交えて緩和ケア病棟の医師、看護師らの定例会議が開かれた。夕方になると肌寒くセーターが必要なほどだ。土曜日の夕方がいちばん都合良く、第三土曜日が定例会と決められている。

会議室にスタッフが集まってきた。典子は定例会のまとめ役でもあり、Ａ総合病院から退院し、地域の連携医のケアを受けている患者についても統括的に把握していた。医師が揃うと会議が始まった。緩和ケア病棟の医師から現在入院加療中の患者について説明があり、今後、連携医のケアを受け自宅で生活をしたいと希望している患者の退院時期が報告された。同時に患者がケアを受けることになる連携医も自ずと決まってくる。箱崎のように近所の連携医を拒絶して、他地域の医師を希望する例は稀《け》有《う》だ。

報告を聞きながら連携医たちは、自分が引き受けることになる患者についてノートにペンを走らせていた。緩和ケア病棟の医師からの報告が終わると、各連携医が受け持ちになった患者の現状報告を行った。

どの患者も自宅で、夫婦二人で残された時間を有意義に過ごしたり、あるいは子供たちや孫に囲まれて穏やかな晩年を迎えたりしているのが、連携医の話から伝わってくる。最先端の医療と看護が保障される病院よりも、余命宣告を受けた患者は、できる限り多くの時間を家族と過ごそうとする。そうすることによって余命を縮める可能性もあるが、それでも患者自身は家族との和やかな時間を選択する。

患者の中には医師の予想をまったく裏切るケースもある。余命半年と言われながら、家族とともに車で思い出の地を訪ねたり、温泉につかったりしているうちに、治癒はしないが、ガンの増殖が停止したのか、あるいは極端に遅くなったのか、逆に元気になる患者もいる。そうした報告を聞くと、緩和ケアの医師も看護師も、試行錯誤しながら進めているシステムに自信を持てたし、誇りを感じることもできた。

しかし、患者には必ず死期がやってくる。連携医の一人がある患者の治療について提案した。

「この患者さんは最後まで自分らしく生きようと、その意欲は旺盛です。家族も支えようと懸命です。痛みについては可能な限りコントロールしてきましたが、やはり自宅での栄養摂取には限度があります。本人が望むのであれば何度でも緩和ケア病棟に再入院し、体力の回復を図り、自宅に戻って地域の連携医のケアを受けられるようなシステム確立の再検討をしていただきたい」

　過去にもこうした例はあった。医師が下す余命宣告がいかに不確かなものかを典子は何度となく思い知らされてきた。医師の予想よりはるかに長い期間を生きて、しかも苦痛にのた打ち回るような余生ではなく、楽しく充実した日々を送る患者を何例も見てきた。

　一方、半年と宣告されたが、一カ月も経過せずに死亡した例もある。家族はいるが、形ばかりの家族で緩和ケア病棟に入院というより、避難に近い状態で入ってくる患者はあっけなく死んだ。

　家族にしてみれば、入院により厄介払いができるし、家庭に居場所のない患者は、誰も見舞いに来ない病室で無為な日々を過ごす。看護師がどんなに献身的なケアを行っても、家族の代わりはできない。自宅にいても病院にいても、患者は孤独に苛《さいな》まれ、やがて生きる意欲を失っていく。生への執着心を失うと、すべての細胞の免疫力が低下するのか、ガン細胞の増殖は一気に加速する。

　箱崎を担当している連携医の矢口が報告する番になった。矢口は二人の患者を引き受けていた。一人は夫に介護されている七十三歳の妻だったが、近所に娘夫婦もいて介護態勢にも問題はなかった。

「日に日に体力が衰えている現実は否定しようがありませんが、家族に常に囲まれて患者も自分の人生に満足しているようです。この患者に関しては今後もできる限りのサポートを維持していくつもりです。もう一人、箱崎さんですが、この患者は一人暮らしをされていて、経済的にはまったく問題はないようで、食材は生協から取り寄せたり、宅配業者に依頼したりして食事を摂っているようですが、肺ガンから肝臓に転移が見られ、余命を考えると、やはり栄養摂取に問題があり、どうせ一人暮らしならば、緩和ケア病棟に入られた方がご本人のためではないかと思うのですが、いかがでしょうか」

箱崎本人は食事にはそれほど執着心《しゅうちゃくしん》はなく、空腹が満たされればそれでいいと、宅配業者が運んでくる弁当で、昼、晩の食事をしている。朝食はパンとコーヒー、たまには生協が運んでくる野菜などで自分の食べたいものも作るようだが、体力的にきついのだろう。典子がたまに訪れると、台所には空になった弁当の容器が山のように積まれている。

緩和ケア病棟の最高責任者である花田医師が典子に視線を投げかけた。典子は担当責任者として病院側の意見を述べた。

「緩和ケア病棟としても、箱崎さんのような一人暮らしの末期ガン患者のケアに当たるというのは初めてのケースで、まさに試行錯誤で進めているような部分もあります。本人は読書と映画鑑賞がご趣味のようで、自宅でなら好きな時間に本も読めるし、映画も観ることができると、それでご自宅で療養されるという選択をされたのですが、矢口先生のご指摘のように栄養面で問題が生じるようであれば、病院側といたしましては、ご本人と話し合った上で、どうするかもう一度、この場で協議したいと思います」

「今、すぐに対応しなければという状態ではありませんが、いずれそうした時期がやってくるのは明らかです。ご本人の望むような時間をできる限り長くするためにも、今から対応策を協議しておいた方がいいと思います」

定例会議が終わると、矢口は典子のところにやってきた。

「箱崎さんの件、お手数をかけると思いますが、よろしくお願いしますね」

四十代半ばで、温厚な印象を受ける。親の代から地元の開業医で、地域住民から頼られている医師だ。

「近いうちにご自宅を訪ねて、それとなく今後のことを打診してみます」

「それと、もう一つ……」

矢口は周囲を見回した。他の連携医が部屋に誰も残っていないことを確認してから言った。

「箱崎さんに関しては、私より深沢先生にお願いした方が今後の緊急時を考えると、都合がいいとは思うけど、何か不都合でもあったのかしら」

矢口医院と箱崎のマンションは車なら二十分くらいの距離だが、交通渋滞などを考慮すると、深沢クリニックの方が距離的にははるかに便利なのだ。

「その点も含めて、箱崎さんとゆっくり話して、後日、矢口先生の方にご連絡させていただきます」

典子の返事に納得した様子で、矢口は帰っていった。

典子は深沢医師と会ってみようと思った。深沢に会えば、箱崎が何故、深沢クリニックを敬遠したのか、その理由がはっきりする。深沢奈央がレイプされたのかどうか、その事実も明確になる。

夜勤の合間に深沢クリニックに電話を入れた。深沢医師と三日後に会う約束をした。

当日、典子が訪ねた頃には深沢クリニックの診療時間は終わっていた。自宅玄関の呼び鈴を押すと、深沢医師が出迎えてくれた。

「お疲れさまです。勤務の方は?」

「日勤の帰りです」

「それならゆっくりとお話しできますね。どうぞ」

典子は応接間に通された。深沢の妻がすぐにコーヒーを運んできてくれた。淹れたてのコーヒーの香りが部屋中に広がった。コーヒーを口に運んだ。一日の疲れがほぐれていくような安堵感に包まれる。

コーヒーをセンターテーブルに戻すと、典子は用件を伝え始めた。

「実は先日の定例会でも出た件ですが……」

典子は言葉を選びながら慎重に話を進めた。

「矢口医院でケアをしてもらっている一人暮らしの患者の件なんです」

「覚えています。栄養摂取に問題がありそうな患者さんでしたよね」

「そうです。その患者さんなんですが……」

「どうかされたんですか」

深沢の表情が険しくなる。緩和ケア病棟に入院した患者が治癒することはありえない。話題になるのは、悪化して治療方針をめぐる議論のときか、あるいは死亡したときだけだ。

「あの会議の後、矢口先生から、患者の今後を考えると深沢先生にお願いした方がいいだろうというご指摘を受けたので、深沢先生のご意見も聞いた上で、と思いましてうかがったしだいです」

「その方はどちらにお住まいなんですか」

深沢は訝《いぶか》る顔をした。典子は箱崎の住所を告げた。

「その住所なら、うちからの方が近いですね」

「そうなんです。矢口先生もそうおっしゃっていました。箱崎さんが退院するときに、こちらのクリニックを紹介しましたが、矢口医院での診察経験があったのか、あちらにお願いしたいということで、現在に至っています。やはり矢口先生のおっしゃる通り今後は深沢先生にお願いするのが、ご本人のためになるかと思うのですが……」

「患者ご本人と矢口先生が了解しているのであれば、私の方は別に問題はありません」

典子はカバンから箱崎聡一郎の術後の治療経過を記した用紙を取り出した。

「正式にお願いするときには、当然、カルテをお持ちしますが、これはとりあえずカルテから抜粋したデータです」

深沢の表情を一瞬たりとも見逃すまいと、典子は上目遣いに視線を走らせた。

「この患者はうちでは無理です」

深沢は即答した。術後経過などには目も通さず、すぐにデータを記した用紙をテーブルに放り投げた。深沢は患者の名前しか見ていない。

「何か問題でも……」

典子は目の前で突然強いライトを灯《とも》されたように面食らった顔をしてみせた。

「冗談じゃない。箱崎の面倒なんかみられるか」

いつも温厚な深沢が怒鳴り声を張り上げた。すぐに深沢の妻が応接室に走り込んできた。

「どうかされましたか」

「なんでもない。いいから君はあっちへ行ってなさい」

深沢は眉間《みけん》に深い縦皺を寄せている。妻が応接室を出ようとドアを開けたとき、廊下を通り過ぎる女性の人影が見えた。

「工藤さん、大きい声を出して申し訳ない。この患者を私のところでケアするわけにはいかない」

「わかりました」

典子はデータをカバンにしまい、帰り支度を始めた。

「誤解しないでください。この患者と治療のことでトラブルが生じたからケアを拒否しているわけではありません。まったくプライベートな問題で、この患者はケアできないし、この男も私を敬遠するはずです」

典子は深沢の言葉を背中で聞きながら応接室を出た。尋常ではない怒り方だった。やはり箱崎は深沢奈央をレイプしたのだろう。典子は深沢の対応で、箱崎の性的な異常性に確信を抱くことができた。

箱崎から相変わらず一日おきくらいにメールが入っていた。内容は書評か、レンタルビデオを観た感想だった。毎回、返信している余裕はないが、それでも三、四回に一度は返信を入れた。

矢口医師が食生活を心配していると告げると、自炊して体力を消耗するよりは、たとえコンビニ弁当でも食えるうちは自宅で療養したいと返事が戻ってきた。「近いうちに今後のご相談に訪問します」とメールを送った。

夜勤明けに箱崎のマンションを訪問した。応接間のソファに深々と腰を下ろしながら、箱崎は本を読んでいた。酸素ボンベから伸びるカニューレが鼻孔に挿入されている。頰がこけて骨が少し突き出してきたように見える。目の下に隈ができ、幾分落ち込んできたようにも感じられた。やはり十分な栄養摂取がなされていないのだろう。

「実はご相談なんですが、一度、緩和ケア病棟に戻られて、体力を回復したらどうだろうかという意見が医師団から出されているのですが、いかがでしょうか」

「入院ですか……」

箱崎は苛立ちを隠さなかった。平静に一日を過ごしているように見えるが、やはりロウソクの炎のようにじりじりと命がむしりとられていくのを感じているのだろう。

「多少の体力を回復したところで、そんなに意味があるとも思えませんよ。それよりもここで本を読んでいた方が、私らしく時間が過ごせるというものです」

箱崎の意思は明確で、再入院の考えはなかった。患者が入院を拒絶している以上、典子にはどうすることもできない。くどくど説明するのは、箱崎を余計に苛立たせるだけだと判断して、典子は入院の話は止めた。

「体調の方はいかがなんですか」

週に一度、矢口が往診しているが、症状悪化は報告されていない。しかし、箱崎は臀部《でんぶ》の痛みを訴えてきた。

「激しい痛みというわけではないが、何か違和感があるんです」

「どんな痛みなんですか」

「痛みというほどではないけど、なんか刺されているような痛みです」

「見せていただけますか」

箱崎はソファから立ち上がると、ガウンを脱ぎ、パジャマとパンツを少しずり下ろした。反射的に退院間際に勃起した男性自身を見せたシーンが脳裡をよぎった。

臀部の右側が赤くなっている。典型的な床ずれの初期症状だ。このまま放置しておけばさらに拡大していくだろう。

「軽度ですが床ずれが起きていますね」

寝たきりになり、同じ体位のまま体を動かさないでいると、腰、頭、肩、かかとなどの骨が突き出している部位の皮膚が爛《ただ》れ、炎症を起こし、症状が進行すると皮膚がはがれ、内部の筋肉部に向かって穴が空いてしまう。

「矢口先生にこちらから連絡を取りますが、差し当たって応急処置をしておいた方がいいと思うので、これから病院に戻り、お薬を持ってきます」

「治療をしなければならないほどひどいんですか」

箱崎は少しだけ不安をのぞかせた。

「今の段階で治療をすれば問題ありません」

症状によって四期に分けられ、ステージⅠは表皮が赤くなり、この時期に適切な予防、治療をすれば回復は早い。ステージⅡは浅い床ずれで傷は真皮に達する。ステージⅢは深い床ずれで皮下組織に及ぶ。ステージⅣはさらに深い床ずれで骨や筋肉組織に達する。箱崎はステージⅠだった。

典子が病院に戻り、治療薬を持って箱崎のマンションに戻ったのは一時間後だった。治療といっても、炎症を止め血行を促す薬を塗るだけだ。

「本を読むときでも、ずっと同じ姿勢ではなく、少しは動くようにしてくださいね」

治療中、箱崎は大人しく、勃起した男性自身を見せつけるような行為はなかった。

「体を動かしていれば、床ずれはこれ以上悪化しないと思いますが、様子を見るためにまた来てみます」

カバンを持ち、帰宅しようとした。

「本当にありがとうございます。工藤さんと会えるのが実は楽しみなんですよ」

箱崎は闇夜に人影を探すような目つきに変わっていた。目は血走り、眼底は黄色く濁《にご》り、典子の体を絡みつくような視線で見つめていた。典子は変質者の目だと思った。逃げるようにマンションを出て帰宅した。すぐに温かいシャワーを浴び、まとわりつくマンションの淀んだ空気、臭気を洗い流そうとした。


その日の日勤を終え、帰宅しようとしていたときだった。受付から緩和ケア病棟のナースステーションに電話が入った。来客者が一階受付の前で待っているという。私服に着替え、一階へ降りると、閑散とした待合室のソファに一人の若い女性が座っていた。受付窓口に行くと、「そちらでお待ちになっています」と彼女の方を指差した。

彼女はソファから立ち上がり、典子の方に近づいてきた。

「工藤さんですね」

「はい」

まったく見覚えのない女性だ。

「私、深沢奈央といいます。深沢勇作の長女です」

「深沢クリニックのお嬢さんなの？」

「先日は父が大変失礼しました」

典子が深沢クリニックを訪問したことを、どうして奈央は知っているのだろうか。

「実は父が怒鳴っている声を聞いてしまったんです」

「別に気にならなくてもいいのに……」

典子は奈央の真意を量りかねた。奈央は一瞬、口篭《くちごも》ったが意を決したように言った。

「実はお聞きしたい件があって来ました」

「どんなこと？」

「緩和ケア病棟に入院していた箱崎という患者についてです」

病院内で患者のプライバシーに関わることは話せない。看護師仲間の旅行計画を打ち合わせでもするかのような微笑を浮かべ、典子は受付に聞こえる一際大きな声で言った。

「そうなの。それなら近くのファミレスでお茶でもしましょう」

典子は先に立って病院を出た。職員専用の駐車場に奈央を導き、車に乗せてから言った。

「病院内では誰かに聞かれるかもしれないから。それにしても箱崎さんの件であなたが来るなんて思ってもみなかったわ。訳は後でゆっくり聞くとして、病院を離れるわよ」

奈央は黙って頷いた。典子は車を自宅とは反対方向の本庄市に向けた。以前は長距離トラックの運転手専用の定食屋しかなかったが、最近では乱立し過ぎではないかと思えるほどファミリーレストランとコンビニができている。

「ここまで来れば、知っている人もいないから気がねなく話せるわ」

レストランに入ると、典子はサンドウィッチとコーヒーを注文した。

「あなたも好きなものを注文してね」

典子の言葉に「私も同じもの」と消え入るような声で言った。緊張しているようだ。

「奈央さんはおいくつなの」

「三十二歳になります」

「お父様と同じ仕事に就いているの」

「いいえ、私は医師ではありません。介護福祉士をして、今は訪問看護の仕事をしています」

このときは顔を上げ、典子の目を見つめながら答えた。

注文したものが運ばれてきた。典子はサンドウィッチを頬張《ほおば》り、コーヒーで胃に流し込んだ。奈央は相変わらず緊張しているのか、食事にはほとんど手を付けなかった。

「で、聞きたいことって何？」

「箱崎さんっていう患者さんについて教えてほしいんです」

「どうして知りたいの。もうご存じだと思うけど、彼は末期ガン患者で余命もそれほど長くないと思われるの。患者のプライバシーを私の立場で第三者に話すわけにはいかないの。それはわかるでしょ」

奈央は親から注意された子供のようにこくりと首を縦に振った。奈央と同年代の看護師を何人も見てきた典子には、奈央は幼く感じられた。育ちの良さから来る淑《しと》やかさではなく、おどおどしているという印象だ。

「あの人、まだ生きられるんですか」

奈央は眼をカッと見開き憎悪に満ちた目で典子を見た。表情は一瞬にして変わっていた。

「何かあったの、あの患者さんと」典子は静かに尋ねた。

その瞬間、奈央はまた元の幼い表情に戻り、窓ガラスに滴り落ちた雨のように目から涙が筋になって流れ落ちた。典子はハンカチを渡すと、奈央はそれを目に当てた。下を向いたまま肩を震わせた。しばらくはそっとしておくしかなかった。

どれほど泣いていただろうか。隅の方にあるテーブルだったので、奈央に気づいたのはウェイトレスくらいで、他の客には見られることはなかった。ようやく我に返った奈央は「申し訳ありませんでした」と顔を上げて言った。目は真っ赤に充血していた。

「工藤さん、出ませんか。車の中で私の話を聞いてくれますか」

典子は伝票を持ってレジに向かった。奈央は何事もなかったかのように車に乗り込んだ。

「大丈夫なの、急に泣き出すから驚きましたよ」

「ごめんなさい」

「これからご自宅まで送るわ」

車は今来た道を高崎方向に向かって走り出した。二人だけという安心感からなのか、奈央はポツリポツリと話し始めた。

「箱崎は私が中三のときの社会科の先生でした」

典子は運転しながら黙って話に耳を傾けた。

「両親、特に父親は私を医大に進学させ、クリニックを継がせようと考えていました」

小学校から塾に通い、中学生になると塾だけではなく家庭教師もついて、睡眠時間以外は机に向かう日々だった。

「中一までは親の言うなりで、成績も良かったし、本当にいい子だったの」

しかし、中学二年生になった頃から、反抗するようになった。学校でも友だちができなかったし、虐めにも遭った。学校の授業を休み、繁華街を歩き回って時間をつぶすようになった。ゲームセンターに入り、ゲームに夢中になった。ゲームセンターは家庭にも学校にも居場所のない生徒であふれていた。仲間はすぐにできた。

「遊ぶお金はあったの。お金があると周りに友人が集まってきてくれた」

欠席するのは学校だけではなく、進学塾にも足が遠のいた。欠席が多くなっているという知らせは、担任教師から母親に届いた。しかし、その事実を父親に言えば激怒するのは明らかで、母親は父親に知られる前に、登校しなさいと奈央を何度も説得した。

二学期の成績は一気に下がった。通信簿の評価は惨憺《さんたん》たるありさまで、評価の下には欠席日数、遅刻の回数も記されている。すべてを知った父親は怒り狂って彼女を殴打した。彼女の非行はさらに進んだ。

「それでも両親は進学校に入れなければ、医大の進学は無理だと思って、私立高校へ何が何でも入れようとしました」

同じような話をこれまでに何度も聞いた。二代、三代にわたって医師という家庭に多かった。親の敷いたレールをひたすら走っていた従順な子供でも、自我を確立しようとする時期に必ず反抗した。

「父はどんなことをしてでも私を医大に入学させようと、それしか考えていませんでした」

中学三年だった奈央は仲間の家を泊まり歩く生活だった。

「家に居場所はなかった。母はとにかく父親の言うなりで私をかばってもくれませんでした」

孤独を癒す彼女の仲間はおおよそ想像がついた。深沢勇作は医師として経験も積み、患者からの信頼も厚い。しかし、その深沢でさえも子供の教育には冷静な判断を下せなくなってしまうのだろう。

「父が望む高校には到底進学はできませんでした。それどころか欠席が多くて成績がつかず、内申書には最悪なことが記載されそうな雰囲気でした。高校に進学できなければ、父親から殺されるのではないかと思い込み、三年の一学期はなるべく出席数を増やすようにしました」

しかし、すべてが手遅れで、授業には付いていけなかった。奈央は焦《あせ》った。

「社会科の箱崎は補習授業を行うからと、欠席ばかりしている生徒に通知したんです」

「箱崎の補習授業をあなたも受けたのね」

進行方向をじっと見つめたままの奈央が、座り直して典子の方を見た。

「工藤さんは、箱崎が生徒に何をしたのか知っているのですか」

それには典子は答えずに、言った。

「私は深夜、病室を見回っているときに箱崎からセクハラを受けたわ」

「私の他にもあの男の自宅にまで呼び出されて、レイプされた生徒はまだいるはずです」

「ええ、知っているわ」

典子の返事に奈央は言葉を失い沈黙した。

「箱崎が入院していた時期に、やはり入院中の女性患者からその話を聞かされたわ」

「そうでしたか。私はそれが原因で心を病んでしまいました」

深沢勇作は激怒して学校へ乗り込んだ。奈央の成績のことを考えて、引き受け手のないPTAの会長までしていた。その娘が社会科の教師に陵辱されていたのだ。刑事告発し、箱崎を警察の手に委《ゆだ》ねようとしたが、結局、奈央の受けた傷はそれでは癒せないと深沢は判断したのだろう。学校側にも内密に処理するように依頼、箱崎は異動になっただけだった。

「私は高校に進学できるような状態ではなく、定時制高校や通信高校で勉強し、高校を卒業し、その後、専門学校で介護福祉士の資格を取って、今の仕事をしています」

「そうなの。それで心の病の方はもう大丈夫なの」

「今はそれほどでもないのですが、でも時々、急に不安になることがあります」

「今でも心療内科にかかっているのかしら」

「カウンセリングは定期的に受けています」

「大変だったのね」

「私は絶対に箱崎が許せません。あの男がガンにかかり手厚い看護を受けて死んでいくと思っただけで、怒りで仕事が手に付かなくなってしまうんです」

「でも、箱崎は放置しておいても、もうすぐ亡くなるわよ」

「それでも私は許せない」

典子は一瞬、助手席の奈央を見た。前を見つめる奈央の目は潤んでいたが、冷たい白磁のような顔をしていた。

「彼がどうなっていくかを知りたいというわけ？」

「違います」奈央の返事はピントの合った写真のように明快だった。「私、箱崎の介護をしたいんです」

「介護ですって」

典子は驚きのあまりブレーキを踏みそうになった。

「何故、彼の介護なんか。まさか奈央さん、彼を……」

「いくらなんでも考え過ぎです。新聞沙汰になるようなことはしません」

赤信号にひっかかり典子は車を止めた。奈央は剃刀《かみそり》で斜めに切ったように唇を吊り上げ、押し殺した笑いを浮かべていた。不気味な笑みだった。奈央は末期ガン患者の家庭に、介護福祉士が派遣されているのを知っているのだろう。あるいは自分もそうした家庭で介護の仕事をしているのかもしれない。

「これぱっかりは本人が納得しないことにはなんとも言えないわ」

「一人暮らしなら必ず介護が必要になる日がきます。そのときに私を推薦してくれませんか。どうせ私の名前なんか覚えているはずがないわ」

「それが違うのよ」

典子は深沢クリニックを推薦したが、矢口医院を箱崎が選んだ経緯を説明した。

「彼はあなたの名前もお父さんのことも覚えていると思うわ」

奈央は唇を噛んだ。

「奈央さん、今日のこの話は秘密ね。この件に関しては考えた上で、後日連絡をします。いいですね」

深沢クリニックの前で奈央を下ろし、典子は自宅に戻った。

それから三日後、典子は深沢勇作を高崎駅ビル内にあるステーションホテルのロビーに呼び出した。典子は自分の正体を明かし、その上でこれまでの経過を説明した。深沢は心臓を鷲掴《わしづか》みにされたような顔に変わった。

「私だって気持ちは奈央さんと同じなんです」

奈央と会い、直接話を聞いたことも告げた。

「私の計画を実行するためには、どうしても先生の協力が必要なんです」

典子は肖像画を描く画家のように、深沢から視線を外さなかった。

「姉さんの件は、確たる証拠はあるのか」

「証拠はなくても確証は得ました。それは奈央さんの件も同じでしょ」

「ここで返事をと言われても困る」

深沢が答えた。

「では、よくお考えになって返事を下さい」

二人は別々にロビーを出た。

間もなく深沢から電話が入った。了解したという返事だった。

第七章　正体

箱崎は自宅療養を望み、A総合病院への入院は拒んでいる。深沢医師の協力を取り付けた典子は、医療廃棄物の中からあるモノを捨てずに保管しておくように依頼した。

医療廃棄物とは病院や診療所などから排出される医療行為に伴う廃棄物のことで、人に感染するおそれのある病原体が付着し、またはその可能性のある感染性廃棄物が主であり、「廃棄物処理法」や「廃棄物処理法に基づく感染性廃棄物処理マニュアル」に従って処理することが義務付けられている。かつては一般廃棄物として処理されていた使用後の注射針や脱脂綿、ガーゼなど感染のおそれのあるものは「特別管理廃棄物」に指定されている。

矢口医院には、箱崎が軽度の床ずれを起こしているので治療を依頼した。早速、矢口は空いた時間を利用して往診したようで、箱崎からもすぐにメールで報告が入った。典子は深沢奈央が運んできてくれた完全密封したビニール袋を持って、箱崎のマンションを訪ねた。

独居老人ということで箱崎は週二回の介護ヘルパーの訪問を受けていた。しかし、不気味がられているのか、ヘルパーはすべき仕事をすると、さっさと引き揚げていってしまうらしい。典子は箱崎のマンションを訪問するたびに、少しずつ滞在する時間を長くしていった。箱崎も少しでも長く典子を引き留めようとしたり、何かしら用事を頼んだり、体の不調を訴えてみせた。

床ずれの様子を診にきたというと、すぐに矢口医師が処方箋を出してくれたと言った。

「薬を塗ろうにも、体の自由は利かなくなるし、塗りにくい場所なので困っていました」

「痛みの方はいかがですか」

典子は病院にいるのとまったく同じように事務的に聞いた。

「少しは引いたとは思いますが、違和感はずっとあります」

「そうですか」

典子は困ったような顔をしてみせた。深い溜め息を一つついてから言った。

「ここでは治療しにくいので、ベッドに寝ていただけますか」

箱崎は嬉しそうな顔をしてソファから立ち上がった。カニューレをつないだまま酸素ボンベのところに行き、酸素を止めた。カニューレを外し、酸素ボンベのところに丸めて置くと、ゆっくりと寝室に歩き出した。酸素が一瞬でも止まると、呼吸は苦しくなるようだ。典子はそばに寄り肩を貸した。

箱崎の呼吸は結核患者のように、喉をヒューヒューと鳴らしていた。歩くというより、スリッパを引きずりながら寝室に入った。ベッドの枕元に酸素ボンベが置いてある。皺だらけのシーツの上にボンベから伸びてくるカニューレが無造作に置かれていた。ベッドの端に座ると、カニューレを鼻孔に挿入して言った。

「ボンベのコックを回してくれますか」

箱崎は本当に苦しそうで、喘《あえ》いでいた。酸素が送られてくると、安堵の色を浮かべた。典子はしばらくそのままにしておいた。箱崎が酸素を吸っていなかったのは、わずか二、三分。よほど肺の機能が低下してきているのだろう。

下半身の下着を脱がせた。力を失った箱崎のペニスが日陰で育ったキュウリのように垂れ下がっていた。

「うつ伏せになってくれませんか」

典子は介助しながら箱崎をゆっくりと寝かせつけた。床ずれはかなり改善されているが、やはり長時間圧迫された部分は、少し傷口が開いていた。

「矢口先生からいただいているお薬はどこにあるのでしょうか」

箱崎は寝室の壁際に置かれた箪笥《たんす》を差した。

「小さな引き出しの上から二番目に入っています」

引き出しはすべて薬がしまわれていた。床ずれの薬はすぐに見つかった。典子は外傷用の塗り薬のチューブの蓋《ふた》を開いて、ベッドの横に置いた。

自分のバッグから新品のゴム手袋と深沢奈央が持ってきてくれたビニール袋を取り出した。手袋をすると、ビニール袋を開けた。箱崎はうつ伏せになったままだ。ビニール袋に手を入れた。中には使用済みのガーゼが入っていた。ガーゼには血と膿《うみ》が染み込み、まだじっとりとぬれていた。人差し指で押し絞るようにしてその血膿を拭い取った。

「ちょっと痛いかもしれません。薬を傷に塗ります」

典子は絞り取った血膿を床ずれのひどいところに擦《す》り込んだ。箱崎が小さく呻いた。

「痛いですか」

「少し」

典子は手袋に付着した血膿を満遍なく傷口に塗りたくった。

典子はその上からガーゼを当てた。手袋を脱ぐと、血膿の染み込んだガーゼと一緒に袋に放り込み、密封して素早く自分のカバンにしまった。

「終わりましたよ。起きてもいいですよ」

箱崎はまるでなまけものが木に登るように緩慢な動作でゆっくりと体を起こしている。典子は箱崎に見えるように塗り薬のチューブに蓋をして引き出しにしまった。

箱崎は足を床に垂らしてベッドの縁に座ろうとしていた。着替えの介助をしてやろうとベッドの上の下着を取ると、箱崎は絡みつくような視線で典子を見ていた。唇の端に不気味な笑みを浮かべている。あの晩と同じだ。いきり立ったものを誇示するかのように座り、すがりつくような目で典子を見ている。うつ伏せになっている間、箱崎は何を想像していたのだろうか。

典子は異変をまったく無視して下着を穿《は》かせようとした。箱崎は苛立《いらだ》つ顔に変わり、典子から下着を奪うと、ベッドに放り投げ、典子の手を自分の下腹部に強引に押し当てた。典子はことさら驚きもしなかった。いずれ箱崎は本性を剝《む》き出しにしてくるだろうと思っていた。

「こういうことは困ります」

「そう言わないで、私も生きていられるのはあと数カ月、頼むよ」

甘えるような口調だが、典子の手にペニスを握らせようと手首を握ったまま放そうとしない。引こうとすると、病人とは思えないほどの力を込めた。

典子が包み込むように男性自身を握ると箱崎は手を離した。典子は上目遣いに箱崎を見ながら、掌で包み込み上下に動かした。死期が迫っているというのに、いや、迫っているからなのか、最後の残り火を燃焼させるかのように箱崎はまるで青年のように硬直させていた。

典子は子猫を撫《な》でるかのようにやさしく愛撫した。箱崎は欲情し、次第に高まっていく興奮に身を任せたままだ。

箱崎の呼吸が乱れてきた。快楽に浸っているが、酸素を求めて喘《あえ》ぐようになってきた。それでも典子は愛撫を止めなかった。

箱崎はよほど苦しいのか、典子の手を払いのけようとした。それでも典子は指の動きを止めなかった。箱崎は顔を歪《ゆが》めた。

「止めてくれ」

掠《かす》れる声で言った。

それでも典子は憑《つ》かれたように、箱崎のペニスを愛撫した。

「酸素を増やして……」

箱崎が懇願した。呼吸は苦しくても、男性の機能は何事もなく反応し続ける。箱崎は激しく咽《む》せて咳き込んだ。一度息を吐くと、肺のすべての空気が吐き出されてしまい、その後は吸い込む機能が弱いのか、唇が真っ青になりチアノーゼを起こしている。

典子がようやく手を離すと、短い呻き声を一瞬上げて、箱崎は寝室の床にほとばしるものを撒《ま》き散らして果てた。ペニスは瞬く間に萎《な》え、先端にだらしなく精液が滴《しずく》となって絡みついていた。

「酸素を……」

典子は聞こえていたが、何も聞こえない素振りでベッドの枕元にあるティッシュペーパーで床に散ったものを拭きだした。何度か拭い除去し終えると、今さらのように箱崎の顔を見た。

「どうしましたか」

箱崎はチアノーゼで、唇だけではなく顔面蒼白になっている。典子はボンベのコックをひねり、酸素量を上げた。それでも吸い込めないのか、箱崎はしばらくの間喘ぎ続けた。いつもの呼吸に戻ったのは、それから三十分後だった。箱崎はその後、一言も喋らなかった。

「もうお年なんだから、少しは大人しくしてくださいね」

典子は薄笑いを浮かべて言った。

部屋を出て、エレベーターに乗ると、自分でも気づかないうちに笑っていた。

血膿を塗りたくった効果は二日後に表れた。メールで激しい痛みを訴えてきた。矢口医師の往診を待っていられないほどの痛みなのだろう。典子は日勤が終わった後、箱崎のマンションを訪ねた。

いつもは本を読んでいるが、箱崎は床ずれの痛みに、ソファの座り方もいつもとは違って、端に腰を置く程度で、典子の到着を待っていた。眠っていないのか、目も淀んでいる。

「床ずれの状態を見せてくれますか」

典子はカバンからゴム手袋を取り出してはめた。パジャマのズボンにすでに血膿が浸透し、血が同心円状に滲んでいた。下着も下げようとしたが、乾燥した膿が下着にこびり付き、下着を下げることができない。

「お風呂かシャワーを浴びましたか」

「シャワーは毎日汗を流す程度に浴びている」

箱崎は息も絶え絶えに答えた。

「傷口からばい菌が入ったようで化膿しています」

このまま放置しておけば、さらに化膿はひどくなるばかりだ。しかし、化膿止めの薬剤を持ってきたわけではない。

「少し痛いけどがまんしてくれますか」

箱崎は子供のように頷《うなず》いた。その瞬間、下着を強引にずり下ろした。箱崎が小さく呻《うめ》いた。血膿の瘡蓋《かさぶた》が剝《は》がれ、丸い傷口から血と膿が湧き水のように滲み出てきた。

ガーゼをあてて、流れ落ちる血膿を拭き取るだけだった。

「明日からもう一度、A総合病院に入院していただけますか。このままでは床ずれはひどくなるばかりで、寝ることもできなくなりますよ」

生徒をしかりつける厳しい教師のような口調で言った。

「わかりました」

返事を聞くのと同時に、典子は携帯電話で病院のナースセンターに電話を入れた。

「工藤ですが、明日緊急の患者さんが入りますが、ベッドの空き状況を大至急確認して」

ベッドの空きはあった。すぐに一床確保するように夜勤の当直責任者に指示を出した。

「明日、私も日勤ですから、できる限り早い時間に入院手続きをすませて病室に入ってください。今の状態なら、それほど長く入院しなくても床ずれを改善できると思います」

典子は再び傷口をガーゼで拭くと、新しいガーゼを当てた。

「新しい下着はどこにありますか」

箱崎は口をきくのも億劫《おっくう》そうに寝室を指差した。おそらく寝室の箪笥にあるのだろう。下から四段目に下着がしまってあると言った。

几帳面《きちょうめん》な性格のようで、シャツは右側に、パンツは左側に畳まれ、整頓され収納されていた。その下の引き出しをあけると、Tシャツやパジャマがあった。パジャマも取り出して、応接室に持っていった。

「汚れたものは取り替えた方がいいと思います」

パンツ、ズボンを穿《は》かせ、シャツ、上着も着替えさせた。

「では、明日、病院でお待ちしています」

典子はこう言ってマンションを出た。治療は何もしていない。今晩も箱崎は痛みで眠れないはずだ。

翌日、パジャマ姿のままタクシーで病院に乗りつけ、箱崎はそのまま四人部屋に入院した。一睡もしていないのだろう。目は真っ赤に充血していた。与えられたベッドの縁に座り、早速酸素吸入のカニューレを鼻孔に挿入し、借りてきた猫のようにじっとしている。

「休んでいてくださいね。すぐに外科の先生に診てもらうようにしますから」

床ずれを治さない限り、ベッドに身を横たえることさえできないだろう。洗面道具や着替え、タオルなどをサイドボードにしまうのを手伝っていると、外科医がやってきた。

「うつ伏せに寝てください」

典子は箱崎をベッドに寝かせた。パジャマ、下着にまで血膿が浸透し、やはり脱がせるのに手間取った。傷口に当てたガーゼには血と膿が染み込み、固まっていた。典子はそのガーゼを何も言わずに一気に剝がした。箱崎が喉の奥から一瞬声を漏らした。

「いつからこんな状態なんですか」

外科医が聞いた。

「二、三日前からです」

医師はカデックスを指示した。カデックスは褥瘡《じょくそう》や皮膚潰瘍《かいよう》治療剤で、カデックス作用ヨウ素を有効成分とする製剤だ。ヨウ素には殺菌消毒作用があり、患部を黴菌《かびきん》から守る。また、ヨウ素を溶かしてある特殊な基剤は、ヨウ素を徐々に放出するとともに、汚れた水分や膿を吸収し、患部を清浄化する働きがあり、これらの作用により、皮膚の再生が早くなり、傷の治りがよくなる。

大量の滲出液《しんしゅつ》を吸収でき、感染にも強いことから、細菌感染を起こしやすく、また滲出傾向が強い褥瘡に適す薬だ。

「すぐに塗ってやってください」

医師の指示通りに典子はカデックスを厚さ三ミリほどガーゼに塗り、患部に当てた。後は輸液とともに抗生剤を点滴で投与した。抗ガン剤は経口投与で、従来の薬が用いられた。

　床ずれの治療にはそれほど長い時間は必要としないはずだ。傷が回復すれば箱崎は退院を希望するだろう。入院中の食生活、栄養補給は自宅療養とは比較できないほど、患者にとって適したものが与えられる。この間に箱崎は体力も回復できるだろう。

　入院十日目、床ずれの傷はほとんど癒え、体力的にも十日前とは別人のように顔色もよく、削《そ》げていた頰の肉もふくよかになっていた。箱崎は退院を口にするようになった。

「工藤さんの方からも先生に私が退院したがっていると伝えてもらえませんか」

「そうですね。褥瘡の方も問題がないようなので、先生には言っておきます」

　医師たちも退院を了解した。このまま退院してもまったく問題はなかった。典子は書類を用意した。

「今回は再々入院だったので、また新たに連携医の指定に関する書類を書いてもらわなければなりませんが、以前と同じでよければ署名欄だけ書いておいてください」

　結局、十五日間入院し、箱崎は退院した。その直後にメールが入った。様子を見にきてほしいというものだった。症状は改善し、すぐに問題となる症状が出てくるとは思えない。褥瘡というよりも、箱崎の傷は雑菌による化膿で傷を拡大したのだ。適切に治療すれば回復は早い。箱崎の思惑《おもわく》は見当がついている。

典子は床ずれが完全に治療できたか心配だと返信した。日勤を終え、帰宅する途中で箱崎のマンションを訪ねると、やはり読書をしている最中だった。入院中のケアの効果が出ているのか、色艶《いろつや》もいい。

「床ずれを見せてくれますか」

箱崎は自分で立ち、パジャマと下着を少し下にずらして、傷を見せた。治癒したといってもいいほど改善していた。

「ベッドに問題があるのかなあ。はい、上げても結構です」

典子は事実とは逆に床ずれの再発が見られるような口振りで言った。典子の訝《いぶか》る表情に、箱崎が不安を滲ませながら、下着を元に戻した。

「違和感はまったくありませんよ」

「そうですか。でも、少し床ずれの前兆が出ていますね」

そう言いながら、典子はベッドを見せてほしいと頼み込んだ。箱崎はソファに腰を下ろし、「どうぞ」と言った。典子は一人で寝室に入り、毛布とシーツを剝《は》いで、ベッドを手で触れてみた。スプリングが突き出ているわけでもないし、ベッドにも問題はなかった。寝室から出ると、箱崎に聞いた。

「一度、このベッドでどんな寝方をしているのか、一晩観察してみる必要がありますね。場合によってはベッドを替える必要があるかもしれません」

　典子は箱崎の不安を意識的に煽《あお》った。箱崎は何の躊躇《ためら》いもなく、典子に部屋に泊まるように求めてきた。

「来客用の布団があります。時間があるときでいいですから、床ずれを起こす原因がわかるのなら観察していただけませんか」

「そうですね。病院のベッドで問題はないのに、ご自分のベッドで床ずれを起こすようであれば、空気ベッドに替えるなり、なんらかの手を打たないと、また、床ずれをひどくしてしまう可能性もありますね。明後日は夜勤明けなので、昼間睡眠を取って、その日の夜に来て見るようにします」

　箱崎からは誕生日プレゼントをもらった子供のような笑みがこぼれた。

「ぜひ、よろしくお願いします」

　典子が帰り支度を始めると、箱崎はソファから立ち上がり、典子に近づいてきた。カニューレは以前より長くなっていて、応接室を自由に歩けるようになっていた。

「今日は疲れているので、明後日《あさって》の晩、ゆっくりご一緒しましょう」典子も妖しく笑い、冗談交じりに言った。「それに介護ヘルパーにも来てもらっているんでしょう。彼女たちは私よりずっと若いでしょ。ヘルパーさんにたまには頼んでみたらどうですか」

「そんなことをしたら介護してもらえなくなってしまいますよ」

「心づけを少しすれば、箱崎さんの望んでいることくらいはやってくれますよ。それが訪問介護の世界の常識ですよ」

「そうなんですか」

箱崎は典子の言葉を信じたようだ。

マンションを出ると、典子は深沢奈央を呼び出した。どうしても奈央の協力が必要になった。箱崎の様子は深沢医師にも逐次《ちくじ》報告していた。待ち合わせたのは、本庄市にあるファミリーレストランだった。

奈央は典子の話に言葉を挟まずじっと聞き入っていた。すべてを話し終えると奈央が聞いた。

「あいつの性癖を知るために、典子さんはマンションに泊まるというんですか」

「箱崎が真犯人だったなんていう証拠を、今さら摑《つか》みたいと思っているわけではないの。真実を知った上で、微塵《みじん》の躊躇《ためら》いもなく計画を実行したいの」

奈央は沈黙した。

「降りるのなら今だよ」

典子は決断を迫った。

「いいえ、典子さんの決意の強さを知り、私にも迷いはありません」

　奈央は典子の視線から目を逸《そ》らさなかった。刺すような視線で典子を睨《にら》み返してきた。奈央の目に映っているのは目の前の典子ではなく、冷たい視線のその向こうには、別な何かが見えているような瞳だった。

「明後日の夜はいつでも出られるように用意しておきます。ヘルパーの派遣会社もすぐに替わるようにします」

　箱崎を訪ねる夜、奈央を自分のアパートに呼んだ。ボールペン型盗聴器のテストを行った。発信、受信はまったく問題なかった。奈央を助手席に乗せて、箱崎のマンションを訪ねたのは、日付が変わる頃だった。マンション近くの駐車場に車を止めた。

「酸素のカニューレを外せば、あいつは動けなくなるから心配はないと思うけど、万が一のときは助けを求めるので、そのときは迷わず警察に通報してね」

「典子さん、無理をしないでね」

「大丈夫よ」

　奈央はそれでも不安なのだろう。駐車場のライトに映し出される奈央の顔は青ざめていた。

「部屋に入る前にスイッチを入れるから、受信できていたらメールを入れて」

　典子は車を降りて、箱崎の部屋に向かった。エントランスで部屋の番号を押すと、すぐにドアが開いた。エレベーターに乗り、十二階で降りた。部屋の前でボールペンのスイッチを入れた。

「今から入ります」

ドアノブを回すと、鍵はかかっていなかった。

「工藤です」

「どうぞ」

応接室から返事があった。

典子はドアロックをしないまま部屋に入った。

「本当に来てくれたんですね」

箱崎は唾液を垂らし、尻尾を振る犬のように愛想良かった。

「ええ、あんな床ずれを作らせては病院の恥だし、残された時間を自分らしく生きるなんてできなくなりますからね」

携帯電話のメールの着信音がなった。

〈声は鮮明に全部聞こえます。気をつけて〉

携帯電話をしまうと、箱崎に聞いた。

「私、シャワーを借りていいかしら」

「どうぞ」

「では、お借りします。先に寝ていてくださいね」

　こう言って典子はバスルームに着替えを持って入った。温かいシャワーをゆっくりと時間をかけて浴びた。いつもより長い時間湯を浴びていたせいか、シャワールームを出ると上気し、汗が出るほどだった。真実を確かめるにはこの方法しかないのだと自分に言い聞かせた。

　典子はバスタオルで体を拭くと、微かに香るようにシャネルの香水をつけた。パンティは穿いたが、ブラジャーを着けなかった。いつもはパジャマを着るが、この日は浴衣《ゆかた》を羽織った。

　バスルームから出ると、箱崎は応接室でまだ本を読んでいた。床ずれの痛みがなくなり、以前のように読書ができるようになったのだろう。

「いつも何時頃、ベッドに入るのですか」

「午前一時くらいですかね」

　本から目を離して答えた。

「ではそろそろ寝る時間ですね」

　箱崎はゆっくりとソファから立ち上がり、鼻孔からカニューレを外した。典子が酸素ボンベのコックを閉めて、箱崎に手を貸した。典子の肩を借りて、スリッパをするようにして寝室に入った。ベッドの縁に座らせると、枕元に置かれているカニューレを鼻孔に挿入した。典子はすぐに寝室用ボンベのコックを開け酸素を送った。

たとえ短い時間でも酸素を断たれるのは恐怖のようで、酸素が鼻に送られてくると、薬物依存症患者が麻薬を打った瞬間に見せる安堵《あんど》感にも似た表情を箱崎も浮かべた。寝室の隅には来客用なのだろう、通販で宣伝している折りたたみ式の簡易ベッドが置かれていた。

「粗末なベッドに寝かせて申し訳ありません」

箱崎は殊勝なことを言ってみせた。

「シーツを伸ばしますね」

箱崎のベッドは皺《しわ》だらけだった。血行が悪くなった寝たきりの患者はシーツの皺一つでも床ずれを起こす。ベッドの上に乗り、典子は両手を左右に動かしシーツを伸ばし、皺のない状態にした。手を動かすたびに、胸元が乱れた。箱崎からは典子が屈《かが》むたびにバストは丸見えになっているはずだ。

シーツを伸ばしながら、気づかれないように箱崎を見ると、動くたびにはだける胸を爬虫類《はちゅうるい》のような目で追っている。シーツを伸ばし、枕の位置を直していると、枕の下からフェイスタオルが出てきた。

「これは?」

「少し枕を高くしたいので、タオルを置いているんです」

典子はタオルを元に戻した。ベッドメイキングが終わると、典子は横になるように言った。

「いつものように寝てみてください。私も横にならしていただきますが、寝ないで様子を見ていますから」

箱崎は横になり、仰向けになった。典子も簡易ベッドに横になったが、視線だけは箱崎に向けていた。照明は部屋の隅に置かれたスタンドの四〇ワット電球だけだ。箱崎は寝付かれないのか、何度も寝返りを打っていた。いや、最初から大人しく眠る気などないのだ。十分もすると、箱崎の声がした。

「典子さん、パジャマが皺になり背中が気になって眠れないのですが、直してくれますか」

起き上がり、背中を向けて眠っているパジャマを掌《てのひら》でアイロンをかけるように伸ばしてやった。

「このままの姿勢で寝ますか」

典子が聞くと、箱崎は向きを変え仰向けになった。天井を見つめる箱崎を典子はまたぎ、両手を脇の下から背中に差し込むようにして、パジャマの皺を伸ばしてやろうとした。自分の目の前にカニューレを鼻孔に差し込んでいる箱崎の顔があった。

「背中と腰を少し浮かすようにしてくれますか」

箱崎は両肘をついて背中を少し上げた。その瞬間にパジャマの皺を伸ばした。すぐに背中を降ろし、典子の両腕はベッドのマットレスと箱崎の背中に挟まった格好になってしまった。両腕を引き抜こうとすれば容易《たやす》くできる。しかし、典子は手を抜こうとはしなかった。案の定、箱崎の両腕が典子の首に絡みついてきた。

典子は抵抗しないで、箱崎の為すがままにさせた。唇を重ねてきた。典子の方が積極的に舌を絡ませた。箱崎はすぐに呼吸が苦しくなるのか、両手で典子の頭を掴みそっと引き離した。

「苦しいですか……。こんなことをすると呼吸が乱れますよ」

典子は手を引き抜き、箱崎の上に馬乗りになったままはだける胸を直そうとした。箱崎は上半身を必死になって起こすと、直したばかりの浴衣の衿《えり》を大きく広げた。典子の豊かなバストが薄暗い間接照明に浮かび上がる。

箱崎は興奮したのか、両手でもぎ取るように乳房に摑みかかってきた。苦痛に顔を歪めると、さらに欲情したのか爪を立て、リンゴでも握りつぶすような力で乳房を揉《も》んだ。

「痛い」

典子が思わず叫ぶと、その声で我に返ったのか、箱崎はハッとして手を離した。

〈この男はまともなセックスができないのかもしれない〉

典子は恐怖で逃げ出したくなった。断崖絶壁に足を一歩踏み出すような不気味さが、箱崎とのセックスにはある。カニューレを鼻孔から引き抜けば、難なく逃げられるだろう。しかし、耐えるしかない。奈央が内部の様子を盗聴していてくれるという安心感だけが、典子を支えていた。

箱崎は体を起こすと、伸びたカニューレが典子の体の下にこないように気を配りながら、今度は典子をベッドにうつ伏せに寝かせた。浴衣を腰まで手繰り上げると、パンティに手をかけた。剝ぎ取ると、指を後ろから典子の中に挿入した。執拗《しつよう》に出したり、入れたりを繰り返した。吐き気にも似た嫌悪感に襲われ、脂汗が滲み出てくる。

典子は首をひねり背後をうかがった。鼻孔から垂れ下がったカニューレが、箱崎の動きに合わせて揺れていた。ガン末期患者とは思えないほどの執拗さで、箱崎は典子を責めたてた。しかし、最後まで箱崎は挿入しようとはしなかった。

〈早くいって〉

典子は心の中で叫んだ。

その瞬間、首に何かが絡みつくのを感じた。振り返ろうとしたが、喉《のど》を絞められ、呼吸ができなくなった。両手で取り払おうとしたが、首に食い込み、首に巻きついているものを摑むことすらできない。典子は爪を立てて喉をかきむしるだけだった。奈央に助けを求めようとしたが、声も出なかった。

首に巻きついていたのは、枕の下に置かれていたタオルだった。それを知った瞬間、血も凍るような死の恐怖が体を突き抜けた。箱崎は左手でタオルを絞り上げ、右手で典子の腰を浮かせて、恥部をまさぐり続けた。

意識が薄らいでいく。このまま殺されるかもしれないと思った。首に巻かれたタオルが馬の手綱のように後ろに引っ張られ、典子の両手は何かをまさぐるように激しく宙を彷徨《さまよ》った。左手首に何かが触れた。苦しくて目を開くこともできなかった。何かを摑もうと必死にもがくと、手首にかかったものが偶然掌に入った。酸素ボンベから伸びてくるカニューレだった。反射的に典子はそれをくの字に折り曲げ、力いっぱい握り締めた。

それでも箱崎は典子の首に巻かれたタオルを締め上げ、苦悶《くもん》する表情を見て楽しんでいる。意識を失うと思った。その刹那《せつな》、箱崎は臨終の患者のように、喉が押し潰《つぶ》されたような呻き声を一つ上げて、動きを止めた。同時にタオルを手放した。典子は絡みついたタオルをそのままにして大きく息を吸い込んだ。

酸素を止められ、箱崎はかすかに喉を鳴らしながら、何かを口にしていた。典子が握ったままのカニューレを放せとでも言っているのだろう。典子がカニューレを放り出すと、曲がったカニューレがゆっくりと真っ直ぐに伸びた。箱崎は貪《むさぼ》るように忙《せわ》しなく息をした。

典子も大きく咳き込みながら呼吸した。力いっぱい捻《ねじ》られたままタオルは首に巻きつき、浴衣も腰のところまでたくし上げられていた。首に食い込んだタオルを剝がし、部屋の隅に放り投げた。タオルは左巻きに捻られていた。たくし上げられた浴衣を元に戻した。

箱崎は酸素が送られてくると、典子には目もくれずマスターベーションを始めた。高まり弾ける瞬間、ベッドに脱ぎ捨てられていた典子の下着を手に取ると、下着の中に恍惚《こうこつ》とした表情を浮かべ果てていた。

典子は自分の荷物をひったくるようにして摑むと浴衣姿のまま部屋を出てエレベーターに飛び込み、逃げるようにして奈央の車に乗り込んだ。

奈央も部屋で何が行われていたかはおよその見当はついていたのだろう。すぐに車を出した。

「大丈夫でしたか」

「殺されかかったわ」

奈央は黙ってしまった。

「いいわね。計画通り実行するわよ」

典子の言葉に奈央は前方を見据えたまま答えた。

「そのつもりで、やっています」

自宅のアパートに戻ると、典子は時間をかけてシャワーを浴びた。温かいシャワーを浴びているのに恐ろしさと怒りで体がいつまでも震えているように感じた。

殺された折茂美佐子の首にはタオルが左巻きに捻り絞られて巻かれていた。つい一時間前に箱崎に強制されたはだけた浴衣姿は、美佐子が殺されていた状況とまったく変わりはない。美佐子の体内からは精液は検出されていない。その代わりに犯人が射精したと思われる精液が美佐子のパンティに付着していた。

犯人は苦悶する女性の表情に性的興奮を覚え、女性と性交できないのか、下着に射精する異様な性癖の持ち主なのだ。

〈折茂夫婦を殺したのは箱崎だ〉

箱崎の血液型もB型だった。

第八章　悪魔の介護

箱崎の異様な性癖を見た翌日は休みだった。夕方、深沢クリニックを訪ねた。深沢医師は奈央からおよそのことを聞いているのだろう。

「あまり無茶をしないように。相手は放っておいても死ぬ人間です」

典子の身の安全を気遣った。

「計画を実行するためにもどうしても確認しておきたいことがあったので、奈央さんにも手伝ってもらいました」

「それで、確認の方はできたのですか」

「はい」典子は確信に満ちた声で答えた。

「私はいつから治療にあたればいいのでしょうか」

「書類はすでにA総合病院に提出してあります。なるべく早い時期に最初の往診をしていただければと思います」

「矢口先生の了解は取れているのですね」

「深沢クリニックにお願いしたいという申し出は、幸いにも矢口先生から直接病院に出ていました」

初往診は三日後に決まった。典子は箱崎自筆の署名と押印だけの書類に、連携医は深沢クリニックに変更するように書き加えて病院の事務局に提出してある。

「では計画を実行するということでいいですね」

深沢医師の瞳が不気味に光った。

「三日後の夜、箱崎のマンションで会いましょう」

後は奈央がうまくヘルパーの派遣会社に取り入るかが鍵だ。しかし、それも杞憂《きゆう》だった。日勤で働いている最中に奈央からメールが入っていた。

〈どういう理由かわかりませんが、最初に介護する患者が箱崎です。こんなことが偶然に起こるなんて……、今でも信じられません。計画はうまく運ぶ予感がします〉

偶然ではないと典子は思った。典子の助言を箱崎は真に受けて、ヘルパーの女性に猥褻《わいせつ》なサービスを要求したのだろう。当然、ヘルパーは箱崎を忌避《きひ》する。そこへ都合よく奈央が飛び込んでいっただけだ。外堀は埋めたと典子は思った。

箱崎にメールを送り、床ずれが気になるので、日勤が終わり次第、マンションを訪ねると伝えた。

〈もう来ていただけないかと思っていました〉

箱崎はあの晩のことをさすがに気にしていたが、返信メールはすぐに戻ってきた。夜の七時過ぎ、典子は箱崎のマンションに着いた。エントランスで呼ぶとすぐにドアは開いた。十二階に上がると、いつものように部屋のドアは開いたままになっていた。「工藤です」と挨拶して中に入った。玄関には靴箱が置かれ、その上にはキーホルダーに付けられたドアの鍵が置いてある。外出から帰宅した箱崎はそこに鍵を置くのが習慣になっているのだろう。

玄関には携帯用の小型酸素ボンベがキャリーに載せられて端においてある。音を立てずに典子は素早く酸素ボンベのコックを全開にした。

居間に行くと箱崎はソファに座り、本を読んでいた。居間とキッチンとの間にはカウンターが設けられていて、そこに置かれた充電器に携帯電話が差し込まれていた。

「先日はいろいろとご迷惑をおかけしました」

箱崎は詫《わ》びたが、すでに欲情している目で典子を見ている。

「床ずれはどうですか」

「別に痛みはないので良くなっているとは思いますが、念のために傷の方を見てもらえますか」

「今晩は先生が往診に来てくれる手はずになっていますので、そのときに良く診てもらいましょう」

典子がマンションに入ってから十分もしないで、インターホンの呼び鈴がなった。

「先生だと思います」

典子がインターホンに出た。深沢医師だ。典子はエントランスのドアを開けた。間もなく部屋のドアが開き、「おじゃまします」という声が聞こえた。

「どうぞ」

典子は玄関に走り、深沢を出迎え居間に導いた。

「こんど連携医をお願いした深沢先生です」

典子は箱崎に紹介した。

箱崎は霧深い山中に一人放り出されたような心細い顔に変わった。

「初めまして、深沢です」

「矢口先生にお願いしていたはずですが……」

戸惑いながら箱崎が聞いた。

「距離的な問題もあるし、緊急のときを考慮すると、これからは深沢先生にお願いしたいと矢口先生の方からご提案があり、それを病院側も同意し、このような処置を取らせていただきました」

「私は何も聞いていませんよ」

箱崎が言葉を荒らげた。

「わかりました。箱崎さんのお考えは後でゆっくりおうかがいすることにして、とりあえず今日は深沢先生に診察してもらいましょう」

典子は箱崎に近寄ると、鼻孔に挿入してあるカニューレを勝手に外し、箱崎に肩を貸すようにした。仕方ないといった顔で箱崎は典子の肩につかまり、寝室にゆっくりと入った。ベッドに置かれたカニューレをすぐに箱崎に渡すと、慣れた手付きで鼻孔に挿入した。典子はボンベのコックをひねり、酸素を送った。

箱崎をベッドにうつ伏せに寝かせた。

「お願いします」

典子は深沢を呼んだ。

深沢は黒革のカバンを持ちながら寝室に入ってきた。入れ替わりに居間に戻ると、典子は居間の隅に置かれている酸素ボンベのコックを全開にし、窓を少し開けてカニューレをベランダに放り出した。

キッチンに入り水道の蛇口をひねり、カウンターに置かれている携帯電話に水をかけた。ハンカチで水気を拭き取り、電話をかけてみたが回線はつながらなかった。もう一つやらなければならないことがある。カウンターが壁と接触するところに電話用アウトレットがあり、モジュールが差し込んである。モジュールを引き抜き、瞬間接着剤を塗り、再びアウトレットに差し込んだ。

モジュールからは線が延び、書斎から居間に移されたパソコンデスクに接続されている。デスクの上段にはプリンターと電話が並んでいた。受話器を取ってみた。回線は切れていた。ソファの前に無雑作に置かれている子機を念のために取ってみたが、子機の回線も切れている。典子は寝室に戻った。

「いかがですか」

典子が聞いた。

「やはり少し床ずれが見られますね」

典子もそばによって箱崎の臀部を見た。入院中の治療によって完全に治癒していた。しかし、典子は言った。

「やはりベッドに問題があるのか、あるいは寝方が悪いのか、詳しく原因を調べる必要がありますね」

「念のために、薬を塗っておきましょう」

深沢が言った。

典子は医療用のゴム手袋をはめると、ガーゼを用意した。

「すぐに済みますから」

深沢がビニール袋とメスを取り出した。

袋の中には他の患者の傷口から溢れ出した血膿を吸ったガーゼがしまわれていた。

「箱崎さん、傷が少し開いているので、この薬は少し沁《し》みるかもしれません」

典子は注意を与えた。深沢がメスで数ミリほど浅い傷を付けた。線のような血が染み出ると、血膿を含んだガーゼで何度も拭った。

「薬を塗ったのでこれで傷は治ると思います」

典子がガーゼで傷を覆《おお》いながら言った。

「それでは私は失礼させていただきますが、何かあればすぐに電話をください。十分もあれば来られると思います」

こう言い残して深沢医師は部屋を出て行った。

深沢がいなくなると、

「私は矢口先生にお願いしたいと、最初のときにお願いしたはずですが……」

語気を強めて箱崎が言った。

「深沢先生は頼りになる先生です。箱崎さんのケアのためにも病院側もよかれと思ってしていることなので、ご理解ください」

渋々だが、箱崎は矢口医師から深沢医師への指定医変更に納得した。

指定医の話が終わると、箱崎は困り果てた様子で言った。

「実はヘルパーの件で困っているんです」

「どうかしましたか」

「実は言いにくいのですが、いろいろとしてもらおうとお願いしたら……」

その先は聞かなくてもわかった。典子はすべて自分の思い通りに計画が進んでいるのを実感した。

「どうしますか。このまま少し休まれますか。それとも居間の方へ行きますか」

典子の言葉に、箱崎は嬉しそうに答えた。

「少しベッドで休ませてもらいます。典子さんもまだしばらくはいてくれるんでしょ」

「ええ、そのつもりです」

箱崎が何を期待しているのか、典子には手に取るようにわかった。ゆっくりと身を横たえる箱崎の介助を行った。

「待ってください。治療の後片付けをしてしまいますから」

血膿で汚れたガーゼは深沢医師がすでに持ち去り、マンションにはなかった。これからはあらゆるものの形跡をこのマンションに残してはいけないのだ。居間に戻ると、典子は酸素のボンベを閉めて、カニューレをベランダから引き上げて、ボンベの上に絡ませるように置いた。酸素の残量はもって一日分程度だ。玄関に行き、携帯用の酸素ボンベの残量メーターがゼロを示しているのを確認し、コックを閉めた。寝室用のボンベだけが三、四日分の酸素を残していた。

寝室に戻ると、箱崎は天井を見つめながら典子が戻ってくるのを待っていた。絡みつくような視線で典子を見つめ、「頼みますよ」と箱崎は言った。典子はベッドに横たわる箱崎の下半身に手を伸ばした。

「ヘルパーさんに頼めなかったんですか」

パジャマをずり下ろしながら聞いた。

「顔色を変えて出ていって、あとから抗議の電話が事業所から入りました」

「そうですか、私の方からうまくとりなしておきます」

典子は箱崎の顔を上から見下ろしながら手だけは上下運動を繰り返していた。箱崎は目を閉じ、無口になった。典子は指の動きを激しく、ときには緩慢にし、同じ動きを繰り返した。箱崎のペニスがはちきれそうなほどに勃起し、射精しそうになると、典子は手を緩めた。

そんな典子に箱崎は身を任せたまま快楽の波間を漂っていた。執拗な愛撫に呼吸が乱れ心拍数が上がっているのは歴然としている。それでも典子は執拗に愛撫を続けた。

「いかせてください」

箱崎が薄目を開けて典子を見た。

「そんなことをおっしゃらずに楽しんでいいのよ」

典子は嬉しそうに笑って見せた。箱崎は「いや、もう限界なんです」と掠《かす》れた声で答えた。これ以上続ければ、以前と同じように喘息《ぜんそく》の発作のように激しく咽《む》せて苦しむことになる。

典子は箱崎の表情に怯《おび》えが浮かぶのを待ち焦がれながら、手を忙しなく動かした。手を止めると、限界だと感じたのか、発作を恐れたのか、箱崎は苛立った様子で最後は自分の指を使って果てた。それでも箱崎は息を吐き出すと、肺は元に戻らないスポンジ状態なのか息が吸い込めずに、苦しそうに手で何かを摑む動作を繰り返した。酸素の量をふやしてほしいとでも言っているのだろう。箱崎は水面に顔をのぞかせた金魚のように口を開き、酸素を吸おうとしている。典子は極上のワインで酔ったかのような気分だった。

シーツも箱崎の下半身も精液でぬれた。典子はティッシュペーパーの箱を箱崎の枕元に置いた。後始末を念入りにしてやった。箱崎はまだ何の疑問も抱いていないだろう。

「また明日、頑張りましょうね」

死期が数日後に迫った患者を激励するように典子は言った。ジャンボ宝くじを何百枚も購入したように心は浮き足立っていた。キッチンで手を洗いマンションを出た。

箱崎はもはや籠《かご》の中の鳥だ。

帰宅してからも、典子の気持ちは昂ぶったままだった。食事をした後、久しぶりにブランデーが飲みたくなった。酒を飲む習慣はまったくなかった。酒の味を覚えたのは結婚してからだった。別れた夫の晩酌に付き合っているうちに少しだが飲めるようになったのだ。翌朝、目を覚ました後の箱崎を想像すると、自分でも気づかないうちに唇に笑みを浮かべていた。

休みの日は正午近くまで眠っているが、七時過ぎにはベッドから起き出していた。楽しみにしていた遠足の日をようやく迎えた小学生のような気分だ。午後二時に奈央と待ち合わせしている。奈央はことさら美人というわけではないが、男を引き寄せる魅力は十分にある。本人は痴漢によく遭遇すると嘆いていた。育ちの良さからくる大らかさを、男は無防備な女と勘違いしてしまうようだ。そのことに本人が気づいていないだけなのだ。

成人した奈央には、箱崎から性的虐待を受けていた頃の面影はないだろう。しかし、ヘルパーが深沢奈央だと、箱崎にもいずれわかるときがくるだろうが、それまでは知らん顔をして介護をしていればいいのだ。

マンションに先に着いたのは典子の方だった。エントランスでインターホンの部屋番号を押した。いつもならすぐに返事があって、ドアが開く。しかし、その日は返事もなかった。理由はわかっている。典子は二、三分経ってからもう一度呼んだ。それでも返事がない。三度目を押そうとしたとき、何の返事もないままドアが開いた。

エレベーターで上がり、部屋のドアを開けた。いつものようにドアに鍵はかかっていなかった。開けると、壁に寄りかかるようにして箱崎が立っていた。普段なら居間のソファに座って待っているのだが、その日は居間に戻る体力さえなかった。

「どうしたんですか」

典子は驚いてみせた。箱崎は苦しいのか一言も言葉を発しない。靴を脱ぎ、箱崎に寄り添うと倒れ込むようにして肩に抱きついてきた。脇から抱きかかえるようにして居間に運んだ。ソファに座らせようとすると、右手で寝室を指差した。

「寝室の方がいいんですね」

確認を求めると、箱崎は操り人形が首を折るように頷いた。寝室に入るとベッドに崩れ落ち、すぐにカニューレを鼻孔に挿入し、横になった。

「大丈夫ですか」

典子は毛布をかけながら聞いた。箱崎はよほど苦しいのか何も言わない。いや言えないのだ。酸素なしで寝室と玄関を往復しただけで、今にも死んでしまいそうな顔をしている。箱崎が呼吸を整えるのを典子はひたすら待ち続けた。

「典子さん……」

箱崎は充血しきった目で天井を見つめていた。視点は定まっていない様子で空《うつ》ろだ。

「何ですか、私ならここにいます」

箱崎は典子の方に視線を向ける元気さえない。

「居間と携帯用の酸素がゼロになっています。補塡《ほてん》したボンベを持ってきてもらってください」

こういうと箱崎は目を閉じてしまった。

「エッ、昨日はまだあったのに……。確かめてみますね」

典子は居間にある酸素ボンベと携帯用ボンベの残量を調べてきた。ゲージはゼロを示していた。インターホンが鳴った。居間にかかったインターホンの受話器を取ると、モニター画面に奈央の姿が見えた。

「箱崎さまの介護に参りました」

典子はドアを開けるボタンを押した。しばらくすると玄関のドアが開く気配がした。

「上毛福祉センターから参りました……、箱崎さんのお宅はこちらですね」

奈央の声だ。典子は玄関に走った。

「どうぞ、お待ちしていました」

典子は奈央を寝室に導いた。

「箱崎さん、新しいヘルパーさんですよ。良かったですね、若くてきれいな子で」

キャバクラのマネージャーが客にホステスを紹介するような口調で典子が言った。

「深見です。よろしくお願いします。私、資格を取得して初めての介護のお仕事なんです。誠心誠意、真心をこめて介護させていただきます」

奈央ははしゃいでいるようにも見える。しかし、箱崎は相変わらず天井を見たままで奈央の方を見向きもしない。

「奈央さん、早速で悪いけど、箱崎さんの体をきれいにしてやってくれる。私は酸素ボンベの手配をします」

典子は酸素ボンベを配達してくれる会社に、自分の携帯電話を使って連絡を入れた。

「配達は明後日になるそうです」

典子はわざと配達日を遅らせた。ベッドの上で箱崎が舌打ちをしたのが聞こえた。

「すみません。お湯を使いたいのですが」

バスルームから奈央の声が聞こえた。バスルームに行って給湯器のガススイッチを入れた。

「温度調節はこれを押せばいいから」

典子はスイッチの説明をした。バスルームにはバケツや洗面器が置かれている。洗面台の下にある収納庫を開け、「タオル類はここにあります」と奈央に教えた。典子はキッチンに入り、鍋に水を注ぎ沸かし始めた。

　給湯器の温度設定は六〇度まで上げることができる。奈央はバケツに六〇度の湯を満たして寝室に運んでいった。典子は沸騰した湯を洗面器に注いで寝室に持っていった。

「箱崎さん、今日は休みなので私も体拭きを手伝いますね」

　二人はベッドに上がり、箱崎の着衣を剝ぎ取るように脱がせた。奈央がバケツにタオルを浸し、二、三度濯《すす》いで絞ろうとした。熱くて湯を絞りきれないようだ。まだ十分に絞っていないタオルを半分に折ると胸に置いた。

　箱崎が何かを叫び、起き上がろうとした。枕元に典子が回り両肩を押さえ込んだ。枯れ木のような両足をばたつかせて箱崎はもがいた。

「久しぶりの体拭きで気持ちいいでしょう」

　典子は箱崎の顔を上から見下ろしながら言った。箱崎はただ喚くだけで言葉を発することはなかった。奈央は体を拭くような真似事をしてはタオルをバケツに浸して、何度も同じことを繰り返した。

　湯が温《ぬる》くなると、奈央は洗面器の熱湯を注ぎ足した。その湯にタオルを浸し、ほとんど絞らずに下腹部に放り投げた。箱崎は弱りきっている体なのに、どこにそんな力があるのか弓なりに体を反《そ》らして暴れた。

「熱かったかしら、ごめんなさいね」

　奈央はタオルを取り上げると、再びバケツにタオルを浸して、全身にタオルを押し当てた。火傷《やけど》を負わないまでも、タオルの形に体中の皮膚が赤く染まっていった。箱崎は一度咳き込むと、紙風船が潰《つぶ》れてしまったかのように肺に酸素を取り込むことができずに、顔を苦痛に歪めた。それでも奈央は体拭きを止めなかった。バケツの湯が微温湯《ぬるまゆ》になったところで奈央はようやく手を休めた。

「体がきれいになったところで、床ずれの治療をしておきましょう」

　典子は奈央に目で合図した。奈央は枕でもひっくり返すように箱崎をうつ伏せにした。床ずれの傷に当てられたガーゼは、体を拭いたタオルの水が染み込み、血と膿が滲み出していた。奈央はゴム手袋をはめると、爪を立てるようにしてガーゼを剥ぎ取った。

　床ずれの傷は膿み始め、糜爛《びらん》状態だ。典子はその傷を消毒することも薬剤を塗ることもなく、幅の広い絆創膏《ばんそうこう》をそのまま貼っただけですました。傷や周辺部分は皮膚呼吸ができずにさらに悪化するはずだ。

「箱崎さんに着せてやってくれるかしら」

「わかりました」

「私は少しやっておきたいことがあるの」

典子は小声で箱崎には聞かれないように言った。携帯電話で弟の芳男を呼び出した。万が一のことを考えて、芳男を計画に加えることはしなかったが、すべてを伝えてある。

「一度、そのロクデナシの顔を見せろ」

芳男の言葉に、典子はそのチャンスだと思い、芳男を呼んだのだ。

「すぐに行く」

芳男はマンション近くのコインパーキングに車を止めて待機していた。まもなく芳男がバッグを抱えて部屋に入ってきた。寝室から奈央を呼び、芳男を紹介した。

芳男は言葉も交わさずに奈央に会釈《えしゃく》すると、ソファの上に置いたバッグから高崎市内のホームセンターで購入した器具を取り出した。

「二十分あれば終わる」

ベランダは火災のときなどは避難経路となる。普段、隣とは簡単に破れるスレート製の薄い壁で仕切られているだけだ。

居間のガラス戸を開ければ、ベランダに出られる。芳男はアルミサッシのガラスの引き戸にストッパーを設置した。ドライバーでネジを回して固定すると戸はまったく動かなくなってしまった。

窓ガラスは十数センチ程度しか開閉しないようにストッパーを取り付けた。万が一第三者に不審に思われたら、自殺防止のためと説明すれば疑いを持つものなどいない。寝室の窓にストッパーを付けるために、芳男は部屋に入った。

芳男の心にも噴き上げてくるような怒りが渦巻いているのだろう。ベッドの上に飛び乗ると、箱崎の腹部を踏みつけながら、窓際に行き作業を続けた。

「ジイサン、邪魔だ」

芳男は箱崎の背中を足で押し、ベッドの縁に押しやった。

箱崎は苦しさのあまり身をよじっていた。寝室から出てくると、「こんな面倒くさいやり方してねえでよ、車椅子で外を歩かせれば、俺がひと思いに轢《ひ》き殺してやるよ」と芳男は吐き捨てた。

「そうしたくないから、奈央さんにも協力してもらって、計画を進めているの。早く頼んだことを終わらせて」

もう一つ重要な仕事があった。素人にも設置が可能なオートロックを玄関に取り付けなければならない。玄関のドアに内側から接着剤を使ってシリンダーを取り付けるタイプのものだ。接着剤は三百キロの力で引かない限り、剝がすことができないほど強力だ。シリンダーを外すときは、接着剤を溶かす特殊な溶剤を用いなければならない。

外から開錠するときは、カードキーを近づけると、電波に反応してシリンダーの鍵が左右に動いて開閉する仕組みになっている。中から外に出るときは、抓《つま》みボタンを左右に動かして開ける簡単なものだ。芳男は開閉用の抓みボタンをペンチで外してしまい、中からは開閉できなくしてしまった。外出するときは、ネジ穴に抓みボタンを挿入してからでないと開かない。

そのオートロックのシリンダーをドアに接着した。ドアを開けカードキーをかざすと、シリンダー内のキーが動き、ロック、開錠を繰り返した。

「これで大丈夫だ」

箱崎が外に出ようとしても、抓みボタンかそれと同じ直径のネジが手元にない限り、オートロックを中からは開けることはできない。芳男は作業を終え、部屋から出ていった。

寝室に戻ると、箱崎は喘息患者のような呼吸音を立てて酸素を懸命に吸い込んでいた。しかし、深く吸い込むことができずに、わずかに胸が盛り上がるだけだった。

奈央がバケツや洗面器をバスルームに運ぶために寝室から出ると、箱崎は目を閉じたまま大きく息を吸い込んで言った。

「ヘルパーさんを替えてもらってください」

「あら、そんなこと、私からは言えませんわ」

典子は箱崎の鼻を指先で弾くように言った。よほど苦しいのだろう。せわしない呼吸に戻っていた。

「電話が通じないんです。電話局に連絡してもらえませんか」

「わかりました。それは私が明日、責任を持ってして差し上げます。工藤さんだって、毎日ハードワークでお疲れなのですから、あまり無理を言って困らせてはいけませんよ。今日からは私になんなりと言ってください」

いつの間にか寝室に戻っていた奈央が箱崎の枕元で言った。

「電話が故障しているんですか」

典子が大袈裟《おおげさ》に訝る表情を見せながら聞いた。

奈央が居間に置かれた受話器を取ってみた。

「回線が繋《つな》がっていません」

カウンターに置かれた携帯電話を取ってみたが、それも回線は繋がらない。

「明日、携帯電話の会社に立ち寄ってからここに来ます」

奈央が言った。

箱崎は何かを言おうとしたが、途中で言葉を飲み込むようにして止めた。奈央の介護を断りたいとでも言おうとしたのだろうが、妙なことを口走り、奈央の機嫌を損ねれば、次に何をされるかわかったものではないと悟ったのだろう。

「ところで、お聞きするところによると末期ガンで余命宣告されているんでしょ。亡くなる前に会いたい人っていないんですか」

箱崎は返事をしないで、半分目を閉じていた。

「いいことに気づいたわ。奈央さん、箱崎さんは以前教師をしていたんですって。会いたがっている教え子もいるでしょうから、探して差し上げたら箱崎さんも喜ぶでしょう」

その後、箱崎はベッドに横たわったまま身動き一つせず、じっとしているばかりだった。

居間のソファに典子と奈央は向き合うように座った。

「食事はどうされているんですか」

「生協が運んできてくれているらしいわ。あとは近くのデリバリーサービスを使って配達を依頼していたみたい」

奈央は立ち上がりキッチンに行き、冷蔵庫を開けてみた。肉や野菜、果物、それに電子レンジで調理するだけでいい冷凍食品がぎっしりと詰まっていた。奈央はそれを生ゴミ用のビニール袋に入れ、冷蔵庫を空にした。

「先生の教え子たちが集まってくれれば、箱崎先生も昔話でもりあがるでしょう。楽しみだわ」

奈央はクリスマスを前にして、恋人からのプレゼントを期待している女性のような笑みを浮かべた。典子は吉安亜紀を奈央に紹介していた。奈央を通じて箱崎が一人自宅で晩年を迎えるという情報を流した。

数日後、吉安を中心に箱崎に怨みを抱く連中が集まる計画を立てた。

「教え子たちが集まって、箱崎さんを激励してくれるというわけね。素晴らしいわ」

典子も祭前夜のような気分になってくる。

「それとこれを渡しておくわ」

典子は備え付けたオートロックを開錠するカードキーと内側から開けるときに使う抓みボタン、箱崎の部屋とエントランスのオートドアを開ける共通キーを渡した。部屋の鍵はいつも玄関の靴箱の上に置かれていた。隙を見て、典子はコピーキーを作成しておいたのだ。

「これで自由に出入りできますね」

奈央はキーをバッグに入れた。


日勤を終えて、典子は箱崎のマンションに車を飛ばした。管理人はすでにいなかった。インターホンを押さずにキーを差し込んでドアを開けた。エレベーターで最上階に上がった。ドアの前で奈央がぼんやりと遠くの山を見つめていた。

「どうしたの」

典子が聞いた。

「私、タバコは苦手なんです。もう中にいられなくて外の空気を吸いたくて逃げ出してきました」

ドアを開けた。中から笑い声が響いてきた。同時に焼肉屋のダクトのようにタバコの煙が吐き出されてきた。

「大丈夫かしら……」

反射的に出火を心配した。

「心配いりません。寝室の酸素ももうゼロになっています」

奈央が答えた。

部屋に入ると、タバコの煙が充満し、靄《もや》がかかったようで居間にいる客の顔もぼやけている。典子が来たとわかると、聞き覚えのある声がした。

「典子さんでしょ、私、覚えているでしょ」

吉安亜紀だった。吉安の他にも三人の女性がいた。いずれも一見して水商売とわかるどぎつい化粧をしている。彼女たちはソファに座り、缶ビールを飲んでいた。そしてひっきりなしにタバコを吸っている。居間に丸まった箱崎の下着が無雑作《むぞうさ》に放り投げられていた。寝室のドアも開いたままで、煙は寝室にも流れ込んでいた。

ベランダに通じる引き戸はストッパーで開かない。箱崎は十センチほど開いた寝室の窓ガラスの隙間《すきま》に顔をこすり付けるようにして空気を吸っていた。上半身はパジャマだが、下半身は裸のままだ。シーツの真ん中に染みができていた。何が行われたのかすぐに想像がついた。

「箱崎さん、教え子たちがたくさん来てくれてよかったですね」

典子の声にも箱崎は振り向きもせずに隙間から空気を吸っていた。タバコの煙が少しでも肺に流入すれば、刺激されて咳き込むのだろう。タバコの煙が換気扇の噴き出し口のように窓ガラスの隙間から吐き出されていた。

「あなたたち、先生との再会はもう十分に楽しんだでしょう」

典子が彼女たちに帰宅するよう促した。

「吉安さん、いろいろありがとう。箱崎さんも感激していると思います。また来てやって下さいね」

典子は吉安に言うというより箱崎に聞こえよがしに言った。

四人の教え子の中では一番若い女性が寝室に戻って言った。

「箱崎先生、また来て、先生の好きなこと、たっぷりして上げるからね。楽しみに待っているんだよ。私、今さ、前橋の風俗店で一生懸命テクニック磨いているのよ。先生みたいに女とセックスできないくせに、勃《た》つだけのヤツも結構いるからさ、そいつらを練習台に使って、今度はもっといい気持ちにしてあげるって」

他の女性が一斉に笑った。

彼女たちが帰ると、ようやく奈央が部屋に入ってきた。キッチンに入り、換気扇を回し始めた。徐々にだが換気が進んだ。ようやく排気が終わった頃、インターホンが鳴った。偶然にも深沢医師と酸素ボンベの業者が同時に着いた。

深沢医師は部屋に入ったが、酸素ボンベの業者は玄関で待機したままだ。

箱崎はベッドに寝かされ、下半身には毛布がかけられていた。深沢医師は血圧を測るでもなく脈をみることもなく、点滴の用意を始めた。

「これから栄養は点滴で摂取するようにします」

箱崎は酸素吸入ができないのか夏場の犬のようなせわしない呼吸を繰り返し、言葉を発することはできない状態だ。

「玄関に業者がいるので寝室用のボンベを一本だけお願いしてください」

典子が玄関に行ってそれを伝えた。

「居間用と携帯用のボンベはどうしましょう」

業者が尋ねた。

「多分、これからは使用できないと思います」

典子の一言で業者はすべてを悟ったのか、「わかりました。お大事に」と言ってから、「では車から運んできます」と一階に戻っていった。

酸素ボンベが交換され、ようやく箱崎に酸素が供給されるようになった。点滴液が右腕から一滴ずつ注がれていく。すべての処置が終わると、深沢医師と奈央は帰っていった。二時間ほどすると、箱崎はようやく口を開いた。

「工藤さん、いったいあなたは何者なんですか……」

「A総合病院の看護師ですよ」

「電話は通じなくなっているし、外にも出られません。それに食べるものまでなくなっていた。いったいあなたは何をする気なんですか」

「何をする気って言われても、患者さんのために最善の治療と意義のある余生を送っていただきたいと考えているだけですが」

「教え子を呼んでくれなんて頼んでいません。しかもみんな不良連中ばかりです」

箱崎はよほど屈辱的な行為を強要されたのか、大声を上げた。それだけで咳き込み、肺が裂けたような呼吸に変わった。こうなるとしばらく発作はおさまらなかった。

「不良かどうかは知りませんが、奈央さんがわざわざ集めてくれた教え子でしょう。少しは感謝したらいかがですか」

「矢口医師に戻してください。深沢先生では困ります。それに深見なんて言っていいますが、あれは深沢医師の娘でしょう」

「どうして箱崎さんがそんなことを知っているんですか」

典子の言葉に箱崎は呼吸が苦しいからなのか、あるいは言っても無駄だと判断したのか、黙ってしまった。

「そろそろ私も帰ります」

「工藤さん、あんた、誰なんだ」

箱崎は悲鳴のような声を上げた。典子は何も答えずに、帰り支度を始めた。

「点滴の交換に明朝来ます」

箱崎の質問には答えず、典子は笑みを返した。

第九章　罠《わな》

深沢医師は箱崎の延命に最大の注意を払って治療を続行した。経口摂取ができなくなった箱崎の体力維持に輸液を点滴した。しかし、痛みを緩和するためのケアは一切行わなかった。その結果、箱崎の体調は一進一退を繰り返し、ベッドで寝たきりの生活になった。

奈央は箱崎のマンションに毎日通った。奈央は悪臭が立ち込めている寝室に入り、まず酸素ボンベのコックをひねり、酸素を止めることから始める。酸素を止められると、夢現《ゆめうつつ》の中でまどろんでいた箱崎が苦しさから目を覚ます。

箱崎に酸素が与えられるのは夜だけだ。ボンベの中には十分酸素は残っているが、昼間消費する分量はベランダから放出し、酸素を充填《じゅうてん》したボンベを定期的に業者に配達させた。万が一、箱崎が急死した場合でも、死因に疑問を抱くものはいない。肺機能は極端に低下し、昼間はマラソンを完走した直後のランナーのように苦しいはずだ。

典子もその日の輸液を点滴注射してからA総合病院の日勤に向かう。頬はこけて、もはや起きることも寝返りをうつことも箱崎はできなくなっていた。点滴を打とうと準備していると、奈央が制止した。

「少し待ってくださいね。先にオムツを取り替えないと」

奈央は箱崎のパジャマを脱がした。両足は痩せ細り、枯れ木を皺だらけの新聞紙で包んだように見えた。紙オムツは何日も交換していないのか、汚物で膨れ上がっていた。尿を吸い込み、汚物が溢れ出しそうなオムツをビニール袋にそのまま放り込み、すぐに封をしたが異臭が部屋に広がった。オムツには血膿もこびり付いている。

臀部には汚物がこびり付き、いたるところに湿疹ができていて、蒸れて皮膚は赤く爛《ただ》れていた。シーツにも汚物が付着し、尿が染み込んで大きなシミになっていた。箱崎は天井を見つめたまま瞬きもしない。

奈央は新しいオムツを取ると、ベッドに上がった。片手で箱崎の右足踝《くるぶし》を握ると、汚いものを摑むように引き上げた。痩せ細った体は軽く、臀部が宙に浮き、そこに新しいオムツを差し入れた。

一瞬見えた臀部の床ずれはステージⅣに達している。奈央が介護するようになってから、箱崎は一回も入浴していないし、下半身も拭いてもらっていない。

「これでしばらく気持ちいいでしょ、箱崎先生」

奈央は箱崎の耳元で、笑みを浮かべながら大声で怒鳴った。

「終わりました。点滴をお願いします」

典子は点滴の用意を始めた。

焼けた鉄板の上でロウソクを転がしたような腕で、血管を浮かび上がらせるのが困難な状態だった。注射針を腕に刺すが、何度も失敗を繰り返し両腕とも内出血で青痣《あおあざ》になっている。そこに典子は注射針を強引に刺した。ベテラン看護師の典子が血管挿入に失敗することなど、よほど血管が細くない限りありえない。

しかし、典子は三回目にようやく針を挿入した。

「私たちが味わった苦痛に比較すれば、こんなのはかすり傷みたいなものよ。ねえ、奈央さん」

典子は奈央に同意を求めた。

「そうですとも。今度は箱崎先生が苦しむ番ですわ」

奈央も無邪気な笑顔を浮かべた。

「典子さんの今度の夜勤明けか、休みはいつですか」

「明後日は休みだけど、どうして」

「箱崎先生もずっと家の中にいては退屈だと思うので、外にお連れしようと思っています。ご一緒していただけますか」

「ええ、いいけど」

奈央はベッドの横に行くと、マットレスを力任せに叩いた。その振動が箱崎に伝わる。箱崎はもはや身をよじる力もないらしい。背中に釘でも打ち込まれたように顔を歪めるだけだった。ガン細胞は箱崎の全身に転移していた。肝臓、骨への転移ガンは痛みが激しいといわれている。

「先生、よかったね。典子さんも明後日、一緒に散歩に付き合ってくれるって」

典子はこう言いながら、マットレスを何度も叩いた。激痛に耐え切れず、箱崎の目からは涙が流れ落ちた。

「奈央さん、それくらいにしないと……。箱崎先生にはもっともっと長生きしてもらわないと困るから」

奈央は手を止めた。一日中、ベッドの横に付き添いながら奈央は、少しでも眠ろうとすればマットレスや枕を叩いて箱崎の睡眠を妨害しているようだ。箱崎は日中一睡もできず激痛に苛《さいな》まれるだけだ。

奈央が帰宅した後は、ベッドから降りられず、ただカニューレから流れてくる酸素を吸うだけで、夜だけは辛うじて睡眠を取ることができる。しかし、痛みを取るモルヒネの投与は行われていない。熟睡などできるはずがない。箱崎を生かし続けることが、典子の目的なのだ。

Ａ総合病院への報告書には、箱崎にモルヒネ投与と記載されている。病院の医療スタッフは深沢医師の処方箋を見れば、箱崎が末期を迎えていると想像がつく。モルヒネは治療以外の目的に使用されないように、どの病院でも管理を厳重にしている。深沢医師は医薬品メーカーからモルヒネを納入させ、処方箋通りの分量のモルヒネを治療室にある洗面台から流していた。

休日の午後三時頃に箱崎のマンションに着いた。すでに奈央は到着していて、外出の準備を進めていた。

「箱崎さん、昨晩は良く眠れましたか」

典子は冗談混じりに聞いた。

「熟睡できたでしょう、先生」

奈央が茶化した。

「さっきまで酸素も十分に出してあげたし、モルヒネも父に打ってもらったの。今日の散歩が楽しめるようにね」

奈央は頰をナイフで撫でるような口調で言った。何を企んでいるのか、典子にも理解できなかった。箱崎は久しぶりにモルヒネを投与され痛みを忘れて眠れたのだろう。心なしか寛《くつろ》いだ顔をしている。ベッドの横には車椅子が用意されていた。

「手伝っていただけますか。車椅子に移し替えます」

二人はベッドの上に乗った。毛布を剝がし、シーツの頭部を奈央が、足の方を典子が握った。シーツに載せたまま、箱崎を車椅子に座らせた。喉の奥から搾《しぼ》り出すような微《かす》かな呻《うめ》き声が聞こえた。シーツが吹き流しのように車椅子から垂れ下がっていた。

「落ちないように肩を押さえてくれますか」

典子は車椅子の後ろに回り、背後から箱崎の両肩を押さえた。奈央はシーツを引っ張り始めた。床ずれの傷をいたぶるようにシーツが引き下ろされていく。箱崎は辛うじて動く手でシーツを押し止めようとするが、制止できなかった。

シーツが車椅子から取り除かれると、寝室の床に干乾《ひから》びた茶色の小さな固まりが数個散らばった。オムツ交換のときに落ちた箱崎の汚物だった。奈央はそれをシーツの汚れていない部分で摑み丸め込むと、シーツごとバスルームに放り投げた。

臀部から腰にかけての床ずれは筋肉や骨にまで傷口が広がっている状態だ。車椅子に座っただけでも激痛が体を突き抜けているはずだ。

「さあ、行きましょうか」

エレベーターで他の住人に会い、箱崎が放つ異臭に疑いの目を向けられたら困ると思ったのか、奈央は箱崎にオーデコロンを噴きかけた。しかし、もし余計なことを箱崎が口走ったら厄介なことになると、典子は外出には恐れを感じる。箱崎にはすでにその力がないと奈央は判断しているのだろう。奈央は新婚旅行に向かう新婦のようにはしゃいで車椅子を自ら押した。典子はその後から、箱崎が読書するときにかけていた膝掛け用の毛布を持って続いた。

部屋を出てエレベーターに乗ったが、止まる度に箱崎には重力がかかる。途中で止まると、やはり押し殺した嗚咽《おえつ》のような声を漏らした。一階に下りると、エントランスで典子と箱崎は奈央の車を待った。奈央はレンタカー会社からワンボックスカーを借りてきていた。エントランス前に車をつけると、ドアを開けた。後部座席に二人がかりで箱崎を寝かせた。後ろの荷台に車椅子を積み込み、車を出した。

「どこへ行く気なの」

典子が聞くと、奈央は嬉しそうに答えた。

「私たちだけになれる秘密の場所よ。箱崎先生も死ぬ前にもう一度見てみたいでしょ、私たちの思い出の場所を」

奈央は一瞬後部座席を見た。箱崎は堆肥《たいひ》から掘り出されたカブトムシの幼虫のように微かに身をよじった。

ワンボックスカーは前橋市内を抜け、利根川を上流に向かって走った。すでに日は暮れかかっていた。しばらくすると民家も少なくなり、山の中腹を走る道から側道をゆっくりと下りこんもりと茂った林を過ぎると、利根川の流れが視界に入った。ワンボックスカーは河原の手前まで来てエンジンを切った。車は林の木々に覆われ視界を外から遮《さえぎ》られて、付近の道路からは見えない。

釣りシーズンなら釣り客が入って来る場所のようだが、赤城おろしが吹き始める季節で周囲には誰もいない。

「こんなところで散歩できるの」

典子は思わず聞いた。

「余命少ない箱崎先生には最も相応《ふさわ》しい散歩コースよ。ねえ、先生」

奈央は荷台から車椅子を下ろしながら言った。

林のすぐ先を利根川が蛇行して流れている。車を止めた場所は砂地だが、林と岸辺の間は拳《こぶし》大ほどの石で埋め尽くされた河原だ。奈央は車椅子をドアの前につけると、典子に手伝うように求めてきた。奈央に促されて、後部座席から引きずり出すようにして箱崎を車椅子に座らせた。膝掛け毛布を箱崎の膝に被せた。

「さあ、箱崎先生、楽しいピクニックの始まりよ」

奈央は車椅子を河原に向けて押し始めた。

砂地に車輪は食い込み、思ったように進めない。しかし、どこにそんな力があるのか、奈央は引いたり押したりを繰り返しながら車椅子を砂地から押し出していく。その度に箱崎の体が前後に揺れた。箱崎は落とされまいと車椅子の肘掛けを必死に握り締めていた。

石の河原に変わるところからは奈央は後ろ向きになり、車椅子を引きながら進んだ。日は落ちていた。対岸も切り立った山の斜面なのか、黒々とした塊《かたまり》となって見えた。

「手伝おうか」

典子が言うと、奈央は不気味に笑いながら首を横に振り、ポケットからペンシルライトを出し、スイッチを入れて典子に渡した。川から吹いてくる風は頬を切るように冷たい。奈央はそれでも後ろ向きになって車椅子を引っ張った。その後を典子が続いた。奈央が車椅子を河原に引き入れる度に、箱崎は体を前後左右に激しく揺らし、顎《あご》だけを突き出して唇を噛んで痛みに耐えていた。

カッと見開き血走った目が痛みの強さを物語っているように、典子には思えた。一方、奈央は「一、二、三」と小さく声でリズムを取りながら、車椅子を引いた。額には汗が浮かんでいる。まるで運動会の綱引き競技のように楽しそうだ。

車椅子の車輪が石ころを乗り越える度に、ガンが転移した箇所にはキリを刺し込まれたような痛みが走っているに違いない。肝臓や骨に転移した末期ガン患者はその痛みに横になることもできず、枕をいくつも背中にあてがい、足を投げ出して座ったまま眠る者さえいるのだ。

箱崎の口から涎《よだれ》が糸を引きながら膝掛けの上に垂れている。すがるような視線で典子を見つめ、少しでも痛みを紛らせようと唸《うな》り声を上げていた。典子は好きな歌でも口ずさみたくなった。

　奈央は車椅子をとうとう利根川の流れの畔《ほとり》にまで引きずり、そこで足を止めた。車椅子の前輪を宙に上げ、箱崎の体が背もたれによりかかった瞬間、奈央は手を放した。車椅子は前輪を河原の石に叩きつけて止まった。箱崎は喉を押し潰されたような声を一瞬上げた。

「ライトをちょうだい」

　手渡すと奈央は箱崎の顔を照らした。

　首が折れたように下を向き、途切れ途切れの涎は地面にまで達しそうだった。奈央は前に歩み出ると、箱崎の髪を摑み、顔を起こした。

「私の苦しみはこんなものではなかったですわ、箱崎先生。それをわかってもらうためにできる限りの介護をさせていただきます」

　手を放すと、操り人形のように首を折りうなだれた。その格好がよほど面白かったのか、奈央は張った糸が切れたように突然大声で笑い出した。典子も箱崎のそばに寄った。

「箱崎さん、私も奈央さんと同じ気持ちよ。あなたにはできる限り長生きして罪を償ってもらうわ」

箱崎が重たそうに首を上げた。

「許してくれ……」

「許してくれだって……。今さら」

奈央は研ぎ澄まされたナイフのような口調に変わった。「車から必死で逃げ出した私をこの河原に追い詰めて、助けてって泣き叫んでいるのにあんたはいったい何をしたのよ」

奈央は車椅子の前輪をさらに高く上げ手を放した。

「これが私の返事よ、先生。ここで私が受けた苦痛はこんなものではなかったのよ、わかっていただけたかしら」

奈央が何故この場所に箱崎を連れ出したのか、典子にも理解できた。この河原で箱崎から執拗な性的虐待を受けていたのだろう。

箱崎は激痛に声も出ないのか、痛みが去るのをひたすら待っているのか、微動だにしないで目を閉じている。その表情を絵画でも観るかのように典子は凝視した。

「あなたには苦痛にのた打ち回りながら長生きしてもらうわ。それでも私たちが受けた苦痛からすれば、些細なものよ」

典子は喉に刺さった小骨を吐き出すかのように、ようやく目を開けた箱崎に言った。

目を伏せていた箱崎が上目遣いに視線を典子に投げかけた。

「あんた、誰なんだ」

「私は工藤典子で仕事をしているけど、以前は大船典子って名乗っていたわ」

箱崎は探るような視線で典子を見た。

「大船貢の三女って言えば思い出すこともたくさんあるでしょ」

罠《わな》にかかって血を流す獣に止《とど》めを刺す狩猟者のような目で箱崎を見下ろした。

「折茂夫婦の殺人事件を忘れてしまったの？」

膝を折り、典子は身を屈めて箱崎の顔を覗き込むようにして聞いた。焦点が定まらないのか、箱崎の目が泳いでいる。

「事件とはなんの関係もないと言いたいんでしょう」

と言ってから、詰《なじ》る口調で続けた。

「そうは言わせないわ」

典子は夜勤のときに聞いた箱崎の寝言を説明した。盗聴器を仕掛け、「大船祐美」と「折茂美佐子」の二人の名前をはっきり叫ぶ声を録音した。

「入院患者の中に、あんたから性的虐待を受けた女性がいてね、あんたの性癖を全部ばらしてくれたのよ。それから少しずつあんたのことを調べたというわけ」

箱崎に性的虐待を受けた生徒は多数いた。祐美の遺書の中には〈信じていた先生に裏切られました〉と記されていた。

「父親は逮捕され、祐美もあんたにレイプされ、前途を悲観して自殺したのよ。この人でなし」

典子は怒鳴った。箱崎は呻きながら何かを言おうとした。その瞬間、奈央は再び前輪を上げて手を放した。箱崎は激痛に顔を歪め、唇を噛み締め、痛みにじっと耐えている。

「典子さんの話を黙って聞きなさい。先生も授業中にそう言って注意していたでしょう」

奈央が子供に注意を与える母親のように言った。

「あんたは父親のことで精神的に落ち込んでいる姉の弱みに付け込んでレイプした。間違いないでしょう」

箱崎は喉につかえた餅でも飲み込むように頷いた。

「いったい何人の生徒を犯してきたの、先生は」

奈央は背後から箱崎の背中に拳を打ちつけた。突然の攻撃に、短く呻いた。

「いい、箱崎さん。穏やかな死を望むなら、私の質問には真実を述べることね。あんたは折茂夫婦が殺された晩、何をしていたの」

箱崎は微かに首をもたげ、掠れるような声で答えた。

「生徒に勉強を教えていた……」

　典子が奈央に目で合図した。奈央は車椅子を上下させ、河原の石に前輪を何度も叩きつけた。前輪が石に着地する度に呻き、涎が河原の石に飛び散った。

「嘘をつきたければついてもいいけど、苦しい思いをするだけよ。太田孝三郎にあんたがアリバイ工作を頼んだのはわかっているの。もう一度、同じことを聞くわ。あの夜、あんたは潤子さんに勉強なんか教えていなかった」

　箱崎は苦悶の表情を浮かべているだけで、答えようとはしなかった。典子は河原から一際大きな石を摑み取ると、それを握ったまま箱崎の腹部に食い込むように叩きつけた。箱崎は目を大きく見開き、そのまま咳のような息を漏らして胃液を吐き出した。

「答えなさい」

「あんたは太田潤子に勉強なんか教えてはいなかった」

　箱崎が首を縦に振った。

「最初から素直に答えていれば、苦しまずにすむの、わかったわね。で、あんたはどこにいたの」

　箱崎は再び黙りこくった。典子は先端の尖《とが》った石を拾った。それがわかると箱崎は慌ただしい呼吸を繰り返しながら言った。

「折茂の家にいた……」

奈央は感電したような顔をして、典子に視線を送ってきた。

「折茂夫婦を殺したのは、こいつなの」

「それをこれから聞き出すわ」

典子は握った石を箱崎の目の前に突きつけた。

「あんたは病院で、姉の他に折茂美佐子の名前を何度も口にしていた。折茂美佐子との関係をしゃべりなさい。事実を答えなければ、これが体中に食い込むことになるから、よく考えて答えなさい」

「ホステス時代に知り合った。友人だ」

典子は石の先端を箱崎の肝臓あたりに向けて、自分の体重を預けるように押し当てた。車椅子が動きそうになると、奈央が車椅子を後ろから押さえた。箱崎は声も出せずに、両手で典子を押し返そうとした。箱崎のもがき苦しむ様子に、死んでしまうと思ったのか、奈央が叫んだ。

「その辺で止めて」

奈央の声で我に返った典子は手を離した。箱崎はまるで夏の犬のように口を大きく開け、息を吸いこもうとしている。

「あんたは美佐子ともセックスしていたでしょう。肉体関係がなかったとは言わせないわ」

典子は折茂美佐子が殺されていた状況を説明した。

「私があんたのマンションに泊まったときも、あんたは同じセックスを求めてきた。浴衣《ゆかた》を捲り背後から女の首を絞めながら責めるのがあんたの趣味なんでしょ」

奈央は盗聴器の発信装置から送られてくる箱崎の寝室の声を聞きながら、典子の身に何かあれば警察に通報する手はずになっていた。寝室から送られてくる二人の声と血相を変えてマンションから出てきた典子の様子に、異常なセックスが行われていたことは想像できただろう。しかし、詳細について典子は何も語らなかった。

「この人殺しが。これまで何人を殺したの」

奈央も石を拾って箱崎の背中に打ち据えた。箱崎は助けを求める声さえ出せず、激痛に子供のように涙を流すだけだった。

「以前からあんたは美佐子と関係を持っていた。そうでしょ」

典子の問いかけに箱崎が頷いた。

「あの夜もあんたは折茂の家に行った」

箱崎はすぐに頷いた。二人がかりの拷問にのた打ち回るのを恐れたのだろう。

「折茂夫婦を殺したのはあんたなのね」

典子が核心部分を聞いた。箱崎は首を横に振った。

「この期《ご》に及んでまだ嘘を言うのね」

典子はこう言うと尖った石の先端で力任せに肺を叩いた。結核患者のような咳をすると同時に、箱崎は血痰《けったん》の塊《かたまり》を膝掛けに吐いた。血の混じった涎を垂らしながら言った。

「違う、俺ではない」

「本当のことを話す気がないなら、苦しむだけ苦しむがいい」

もう一度石を振り上げた。箱崎は首を横に振りながら、怯《おび》え、泣き、呻いた。

「確かに折茂の家に行ったが、俺は誰も殺していない。信じてくれ……」

「私の父もそう言ったけど、誰も信じてはくれなかった。あんたが名乗り出て事実を話してくれなかったからよ」

典子は髪の毛を摑むと、箱崎の顔を上げ、唾を吐きかけた。箱崎の口の周りは血をもどしたせいか赤く染まっていた。髪を離すと、枯れ木が折れるように首を垂れ、ピクリとも動かなくなった。

「死んだの」

奈央が先ほどまでとは違って怯え切った声で聞いた。

奈央は脈を取り、呼吸を確かめた。傷口をナイフで切り広げ、塩を擦り込まれるような攻撃に耐え切れず、失神したのだ。

「楽に死なせはしないからね」

典子は一人呟くと、すぐに深沢医師に電話を入れた。状況を報告すると、箱崎のマンションに直行すると言ってくれた。

二人は失神した箱崎の車椅子を押しながらワンボックスカーに戻り、高崎へ向けて車を走らせた。マンションの前で深沢医師が待っていた。最上階に上がり、三人で丸太でも放り投げるように箱崎をベッドに移し替えた。そのときの衝撃で箱崎は意識を回復したのか、苦痛に顔を歪めた。

「胸を開いてくれますか」

深沢の指示に典子はすぐに診察しやすい状態にした。心音も呼吸の音も数日前とほとんど変わりなかった。

「今晩は休ませた方がよさそうだ」

深沢はモルヒネの点滴注射をするように処置した。酸素もいつもより多く供給するようにした。指示通りに手当てすると、箱崎はすぐに微かな寝息を立てて眠り始めた。

「明日が楽しみだわ」

奈央が箱崎の顔を上から覗きながら言った。

「一晩休ませれば、かなり回復すると思いますよ」

深沢が医師として意見を述べた。

「私もゆっくり聞き出したいことがあります。深沢先生、患者の寿命ですが、あとどのくらいと見ておけばよろしいでしょうか」

「ガンがどれほど進んでいるのか、詳細なデータがないのでなんとも言えないのですが、これまでの経験から一カ月前後が限界だと思います」

「そうですか」

典子は残念そうに答えた。

三日後、夜勤明けに箱崎のマンションを訪ねた。夜だけはモルヒネと十分な酸素を与えられて、体力は少し回復しているように見える。

「今日は元気そうね」

典子は箱崎に向かって言った。

「深沢先生によれば、あんたはまだ一カ月も生きてしまうのよ。私と奈央さんが手厚いケアをすればさらに長生きできるかもしれないわ」

箱崎は目を開けようとさえしない。奈央がベッドのマットレスを手で叩いた。その振動が体中に響くのか、箱崎は口をへの字に曲げて痛みに耐えていた。

「目を覚ましなさい。典子さんがお話をしているでしょう」

奈央が咎《とが》めた。

「あの日の続きよ。話したくないなら話さなくていいわよ」

典子は酸素ボンベのコックを閉めるように言った。骨格がくっきりと浮かび上がった箱崎の顔が恐怖に引きつっている。

「もうわかっているでしょうけど、ここであんたがのた打ち回りながら死んでいっても、誰もあんたの死に疑問を抱くものはいないわ。一日でも早く死にたいのなら、事実を語ることね」

箱崎は薄目を開け天井を見つめたままだ。

「もう一度聞くわね。折茂夫婦を殺したのはあんたでしょ」

箱崎は首を横に振った。奈央がマットレスを叩こうとしたが、典子はそれを制した。

「あんたはあの晩、折茂の家には行かなかったというわけ」

典子は取り調べに当たる刑事のように詰問した。しばらく箱崎は沈黙したままだったが、観念したのか掠れる声で答えた。

「折茂の家に行ったが、俺は誰も殺してはいない」

「誰が二人を殺したっていうのさ。この大嘘つきが」

箱崎の体を叩き、ベッドの上で痛みにのた打ち回らせてやろうと思った。

「俺をなぶり殺しにしたければ、そうするがいい。しかし、事実は事実だ」

目を見開き、箱崎は息も絶え絶えになりながら、典子を睨み返してきた。

「では、誰が二人を殺したというの」

「美佐子を殺したのは折茂だ」

「どうして亭主が妻を殺すの。もう少し上手な嘘はつけないの」

奈央が割って入った。箱崎はすぐに反論しようとしたが、苦しいのか呼吸を整えている。典子は箱崎が口を開くのを待った。

「俺は美佐子に呼ばれたから、あの晩、折茂の家に行ったんだ」

「折茂はテレビの修理で外出しただけで、すぐに戻ってくるのは美佐子にだってわかっていた。それなのにあんたを何故呼ぶのよ」

「俺が折茂の家に着くと、美佐子は福留のところにすぐに電話して、福留の家で食事をしてくるように言ったが、折茂は間もなく戻ってきてしまった」

「美佐子とはいつ頃からできていたのよ」

「彼女がホステスをしていた頃、知り合った」

「吉井町に転勤になり、美佐子が折茂の妻に納まっているのを知って、再び関係ができた。そんなところでしょうよ」

典子の想像に箱崎は力なく頷いた。

「亭主の留守の間に、あんたは美佐子とも寝ていた。それは認めるのね」

箱崎は喘ぎながら典子の顔を見つめたままだ。否定しないところをみれば、予想は的中しているのだろう。

「美佐子とセックスしている最中に折茂が帰宅した。そこで言い争いになり、あんたが折茂を殺し、女房の美佐子も邪魔になって殺した。そうなんでしょう」

釈明は許さないとばかりに典子は強い口調で言った。しかし、箱崎はやはり激しく否定した。

「俺ではない」

「じゃああんな酷《ひど》い殺し方で、いったい誰が二人を殺したというのよ」

「折茂は俺には目もくれずに、美佐子に襲いかかっていった。俺は恐ろしくなってその場から逃げたが、すぐに美佐子の悲鳴が聞こえた。あの場所にいたことがわかれば、俺が犯人にされてしまうから、アリバイを太田に頼んだんだ」

「では、夫婦でお互いに殺し合い、二人とも死んだということなの。それなら凶器はどこに消えたの。バカを言うんじゃないわよ。それに美佐子にはあんたと変態セックスをした形跡が残されていた。私を抱いたときと同じようにね。美佐子をやったのはあんたでしょ。それとも美佐子が殺された後、あの家に戻って血まみれになっている美佐子を抱いたってわけなの」

「俺は美佐子も折茂も殺していない。美佐子は財産目当てで結婚し、俺に亭主を殺してくれと言ってきたが、俺は絶対にやっていない。信じてくれ……」

箱崎の呼吸は乱れ、掠れて、息も絶え絶えだが、自分の潔白を証明するために必死の形相だ。それまで二人のやりとりを聞いていた奈央が聞いた。

「箱崎先生、あなたもその美佐子という女性も本当に変態なのね。だって亭主が戻ってくるのを知っていながらあなたを呼び、セックスに誘い、あなたもそれに乗ったんでしょう」

「美佐子が待っているからすぐ来てくれと電話で伝えてきたのは、美佐子の遠い親戚の子だ」

「その子が何て言ってきたのよ」

典子は箱崎の言い訳を真剣に聞く気は半《なか》ば失せていた。

「計画が亭主にばれそうだから、大至急来てくれと言われたので、俺は慌《あわ》てて折茂の家に行った」

「やはりあんたは財産目当ての美佐子の尻馬に乗って折茂を殺す計画も練っていたんだ」

「俺は人殺しをするほど悪人ではない」

奈央はベッドの上に乗ると、箱崎の腹部を足で踏みつけた。

「何人もの女生徒の体を弄《もてあそ》びながら、悪人ではないなんてよくも言えたものね」

箱崎は奈央の一撃で吐血した。

「美佐子の遠縁の子って、誰なのよ」

箱崎は黙りこくった。

「何故、名前を言わないの」

典子の心には積乱雲のような怒りが沸き起こった。

「誰なのよ、連絡をしてきたのは」

「教え子の生徒だ」

「だからその生徒の名前を聞いているのよ」

典子は苛立った。箱崎はその名前を言うのを明らかに避けている様子だった。沈黙したまま白状しようとしなかった。典子は目で奈央に合図した。奈央は再び足で踏みつけた。その拍子に喉に引っかかった痰《たん》を吐くように、血痰を噴き上げ、血が飛び散った。

「その教え子の名前を言いなさい」

箱崎は咽《む》せながら答えた。

「内海今日子だ……」

典子と奈央と顔を見合わせた。奈央も血管が一瞬にして凍りついたような顔をしている。典子は真っ暗闇の部屋に突然放り込まれたように、一切の視界が閉ざされてしまった気分だった。

第十章　償い

箱崎のマンションの電話用アウトレットには、瞬間接着剤が注入され回線は使用できなくしてある。典子は電気器具量販店に行って、モジュールジャックとモジュールケーブルの新品を購入し、交換してインターネット接続が可能な状態に戻した。携帯用の小型ノートパソコン一台と最小型のWEBカメラ二つも購入した。

中からは開けられないように細工を施したカードキー式のオートロックも、開閉できるようにボタンを付け直した。箱崎はもはやベッドから一歩も動けない状態だ。余命はそれほど長くないと典子も思った。殺人を否定した箱崎の言葉は脳裡にこびり付いたまま離れなかった。真相を突き止める時間もそれほどあるとは思えない。

家の中に真実を突き止める手がかりが残されているとは考えられなかった。が、典子はどんな些細なものでも見つかればと、手術用の手袋をして室内をくまなく探してみた。結局、それらしきものは何も発見できなかったが、一つ気になったのは箱崎の銀行口座を開いてみたときだった。年金生活と聞いていたが、毎月定額の振り込みが記帳されていた。振り込みはフューチャープラニング株式会社からだった。

典子は知人の司法書士を訪ね、調査を依頼した。三日後には結果が出た。その場で典子は登記簿謄本を見た。血が逆流し、しばらくは夢遊病者のように意識も思考も空《うつ》ろな状態に陥った。

フューチャープラニング株式会社はビルの管理会社で、代表取締役は内海今日子になっている。

〈何故、内海が箱崎に金を振り込まなければならないの〉

考え込んでいる典子に司法書士が声をかけた。

「何か問題でもありましたか」

その声で我に返り、典子はさらに司法書士に調査してほしい項目を告げた。一週間もあれば結果が出ていると言われた。約束の日、司法書士事務所へ行くと、内海今日子の戸籍関係の書類が一通り揃っていた。

典子は司法書士事務所を出ると、深沢医師を訪ねた。箱崎の症状を可能な限り回復させてほしいと頼み込んだ。

「まだ不十分なんですか」

深沢は真意を測りかねている様子だ。

「数日間、いや数時間で結構ですから、意識を覚醒し、まともな受け答えができる状態に戻してほしいんです」

　深沢医師はそれ以上尋ねることなく典子の依頼を了承してくれた。深沢は箱崎の体力回復に全力を傾けた。十分な栄養補給と痛みを緩和するケアを行い、睡眠が取れるような状態に置いた。痛みから解放された箱崎は二、三日泥のように眠り込んだ。

　その間に典子は以前は中里村と呼ばれていた群馬県神流町《かんなまち》を訪ねた。埼玉県秩父郡と接する山深い寒村だ。藤岡市から神流川を遡《さかのぼ》り、神流湖のさらに上流に続く神流川に沿って山間の道を走った。神流町に入り、年老いた村人に番地を告げても、どのあたりかわからなかった。しかし、内海という名前を告げると家のあった場所を教えてくれた。

「行っても、今は隣に住んでいるもんが、昔の家を納屋代わりに使っているくれえで、誰も住んじゃいねえ」

　典子は内海一家が住んでいた家を目指してさらに車を走らせた。山の斜面に向かってスイッチバックのような細道が延びていた。中腹に二軒の家が並んで立っていた。車を道路の端に止めて、典子は山道を登った。手前の方の家には老夫婦が二人で暮らしていた。さらにその上の家が内海一家の暮らしていた家なのだろう。

　老夫婦は縁側に座り、日向ぼっこをしながらお茶を飲んでいた。

「内海さん一家が住んでいたのは、その家ですか」

「住んでいたが、ハァー三十年以上の前のことだいなあ」

老人がお茶を口に運びながら、腰の曲がった妻に確かめるように聞いた。

「実はここに内海今日子さんという方が住んでいたのかどうか知りたくて来たんですが」

「じいさん、ばあさんと孫の今日子が確か小学校を卒業する頃までだったか、ここで暮らしていたよ」

「孫の今日子って……」

老人の言っている意味が典子には飲み込めなかった。

「母親はどこの誰ともわからん男との間に今日子を産んで、後はじいさん、ばあさんに預けっぱなし。今日子は惨めな思いをさんざしたんさ」

「ろくでもねえ娘だって、二人ともよく嘆いていたよ」

老婆が相槌を打った。

「何故、この村から出て行ったんでしょうか」

「今日子の母親が再婚して、少し金回りがよくなったらしく、それで吉井町の方に引っ越したんさ」

腰を伸ばすようにして老婆が言った。暗闇を手探りで進む典子の指先に一瞬何かが触れたような気がした。

「結婚相手の家に入って、一緒に暮らしたんですか」

「それはわからねえが、出ていってから三、四年後だったか、今日子の母親とその亭主が殺されたって大きく新聞やニュースで流れたよ。女房の関係で恨みを持った人間がいねえか、このあたりまで警察が来て調べていったんさ」

　老人が遠くの山々に目をやった。

「その母親の結婚した相手というのは、折茂という地主の家ですか」

「名前は忘れたがよ。その後はじいさんばあさんの話も聞かねえし、今日子もどうなったかも知らねえよ」

　老婆が答えた。山の夕暮れは早い。日はあと少しで西の山に沈みそうだ。帰ろうとする典子に老人が聞いた。

「あんた、昔、ここに来たことはあったか」

「いいえ、初めてですが……」

「そうかい。それならいいんだ。あの事件があってから十年も経った頃じゃなかったんべえかな。あんたに似た若い子が同じことを聞きにきたんだいなあ。それであんときの娘かと思って……」

「その女性は、今日子さんの母親と、その亭主を殺したと言われていた大船貢の娘ではなかったでしょうか」

典子は反射的に聞いた。

「そこまでは知らねえけど、何か思いつめている様子だったいなあ」

「その後もその女性は訪ねてきたのでしょうか」

「見たんはその一回きりだったがよ、何日かして今日子がものすげえ形相で乗り込んできたんさ」

「どういうことでしょうか」

今日子の実家は借地で、家だけが自分たちのものだった。引き払った後も借地料だけは支払っていたようだ。地主は勝手に戸を開けて、土間に農機具を置いていた。

「地主にだってずいぶん世話になったっていうんによ、他人の家に勝手に入り込むなって怒鳴り込むし、わしらにも家に入り込んだら警察に通報すると狂ったような騒ぎだったいなあ」

「家には大切な家具などが保管されたままになっていたのでしょうか」

「家具どころか、食うに精一杯で家の中にはなんにもありゃしねえよ」

「今日子さんが来たのも、それ一回だけでしたか」

「うん、それがなあ……」

老人は語尾を濁した。

「誰だかわかんねえがよ、数日後に夜中に家に来たもんがおるんさ。男の声もするし、おっかねえからよ、戸を締め切ったままで、外を見なかった。そうしたら十分もしねえでよ、静かになって、それっきりさ」

典子は老人の話を背中で聞きながら山道を下った。

司法書士事務所を訪ねるのは三度目だった。不動産の登記簿謄本を取るように依頼した。折茂俊和が所有していた広大な土地は誰が相続したのか、それを調べたかった。内海今日子が所有している不動産も調査可能な限り調べてもらうことにした。

典子は久しぶりに吉安亜紀と会うことにした。出勤前に、彼女のマンションの近くにあるファミリーレストランで待ち合わせした。

「出勤前の忙しいときにごめんなさいね」

典子が詫びると、吉安はテーブルの上に鏡を置き、化粧の具合を確かめながら答えた。

「そんなこと、いいのよ。それよりもあいつはまだ生きているの」

「そのことで今日は来てもらったのよ」

典子の言葉に化粧道具をバッグにしまい込んだ。スタジオに入るテレビタレントのようなメークをしている。アイラインの入った目を見開いて典子を見つめている。

「余命もそんなにあるとは言えない状況なの。それでさ、また先生に世話になった生徒たちで激励するのも、もう最後かなって思って、それで吉安さんにもいろいろお世話になったし、知らせた方がいいと思ったのよ」

　吉安は、ディズニーランドの人気アトラクションの順番待ちをする子供のように目を輝かせている。

「それは行って激励してやらないと。私、また皆に声をかけてみるわ」

「そうしてもらえる。箱崎さんもきっと喜んでくれると思うわ」

　典子は小さなウィンクを吉安にしてみせた。コーヒーが運ばれてくると、吉安はおいしそうに口に運んだ。コーヒーカップをテーブルに置くと、

「工藤さんも大変ね。お姉さんが自殺したり、失踪《しっそう》したり、お父さんも無実の罪で長年拘置所に入れられていたんですってね」

　労《いた》わるように言った。

　およその事情は内海今日子から聞いて、知っているのだろう。それなら好都合だと典子は思った。

「私も、あいつから絶対に聞き出したいことがあるのよ。それまでは死んでもらっては困るの」

　典子はことさら真剣な顔つきで言った。吉安は興味ありげな目で典子を見つめた。

「箱崎が最近妙なことを言い出したのよ」

「妙なこと……」

「あなたも知っている通り、私の父は濡《ぬ》れ衣《ぎぬ》を着せられて何年も拘置所に収監されていた。箱崎が真犯人を知っていると言い出したのよ」

「何であいつが夫婦殺しの犯人を知っているというのよ。それは苦し紛れの嘘じゃないの。皆でもっといたぶってやればいいのよ。いいわ、私、すぐに連絡して集める」

吉安は冷たくなったコーヒーを飲み干すと、そのまま出勤していった。後は箱崎が一人になる夜間の時間帯を、奈央と交替で監視するだけだ。

吉安はすぐに仲間に連絡を入れたようだ。二日後には典子の携帯電話が鳴った。

「仕事が終わった後でさ、皆でお見舞いに行きたいんだけど、そんな時間には典子さんたちはいないよね」

ホステスの仕事を終えた後、箱崎のマンションに行く計画らしい。

「その時間帯には私も、介護福祉のスタッフもいないわ。でも、郵便受けに彼の部屋の予備の鍵を入れておくから、それで入ってくれるかしら」

箱崎のマンション一階のエントランスには郵便受けがある。ダイヤルを右に二回八に合わせ、最後に左回しで零に合わせれば、郵便受けは開く。それを吉安に伝えた。

「ありがとう、わかったわ。明日の夜にでも行ってみるわ」

吉安は落とし穴を仕掛けた悪戯少年のようにはしゃいでいる。

その晩は夜勤だった。ナースセンターで典子は病棟を巡回してきた看護師から各病室の患者の報告を聞いていた。時折ナースコールの音が響くが、それ以外は何もなく、このままあと数時間で夜が明ければ日勤と交替できる。ナースセンターの片隅に置かれた小さな冷蔵庫からお茶のペットボトルを出したとき、マナーモードにしておいた携帯電話の振動が伝わってきた。出ると吉安からだった。

「今、箱崎先生のお見舞いにきたところなの。二時間くらい先生の相手をしてから帰るわ」

周囲には吉安の他にもホステスがいるらしく含み笑いが聞こえてきた。

「よろしくお願いします」

典子は丁重な言葉で返事した。

「鍵はまた郵便受けに戻しておいてくださいね」

電話を切ると、典子はトイレに走り、すぐに奈央の携帯電話を呼び出した。奈央はすぐに出た。

「今、吉安さんから電話が入りました」

「わかりました。後は任せてください」

「結果は夜勤明けに詳しく聞くわ」

夜勤を終えて自宅に戻ると、郵便受けに大きな封筒が入っていた。奈央からのものだった。箱崎のマンションに向かう途中で投函してくれたのだろう。自分の部屋に入り、封筒を開いた。ＤＶＤ－Ｒが一枚入っているだけで、それ以外には手紙もメモも何もない。

　パソコンのスイッチを入れ、画面が立ち上がるのを待って、ＤＶＤ－Ｒをディスクドライブに挿入する。保存されているファイルをメディア・プレイヤーで再生する。収録されている映像や音声は一時間ほどだった。典子は夜勤の疲れも忘れて食い入るようにパソコン画面を見つめた。

　見終わった後も興奮して体は疲れているのに眠れない。典子はブランデーを少し多めに注いで、一口で飲み干した。喉が焼けるように熱い。その後、体全体の筋肉が弛緩していくような感覚に包まれ、眠気が体を覆《おお》っていく。

　控えめに設定してある電話の音で目を覚ました。あたりは夕闇が迫っていた。電話は奈央からだった。

「見てくれましたか」

「ありがとう。これで完璧《かんぺき》だわね。これからしばらくはつらい夜が続くけど協力してね」

「協力だなんて……。これは私の問題でもあるわけだから、気になさらないでください」

「昼間熟睡したから今晩は私が見ます」

典子はこう答えて受話器を置いた。その晩、典子は明るくなるまでパソコン画面に向かっていた。

夜勤明けの翌日は休みだ。午前中はベッドに潜り込んでいた。午後は箱崎のマンションを訪ねた。ドアを開けると同時に異臭が鼻を突く。奈央はこの臭いに慣れてしまったのか、応接室で平然とテレビを観ていた。

寝室に入ると、箱崎は死人同然の顔をしていた。口を半ば開き、呼吸をしている。舌も喉も渇ききって水を飲みたがっている様子だが、奈央は口からは水も食事も一切与えていない。

箱崎は目を閉じたまま動こうとはしなかった。寝室に入ってきたのがわかったのか、箱崎は目を不気味なほど大きく開いて天井を見据えた。首を動かし、ドアの方を見る力さえないらしい。典子が箱崎の顔を覗き込むようにして見ると、目をきつく閉じた。体のほとんどの自由を奪われた今、拒絶の意思を目を閉じることでしか表現できないのだろう。

典子は箱崎を小馬鹿にするように笑って見せた。バッグから手術用の手袋を取り出して手にはめると、毛筆用の筆ペンとまだビニール袋に入ったままの封筒、便箋を取り出した。

「書いてもらいたいものがあるのよ」

真新しい封筒を一通取って、箱崎の左手に封筒、右手に筆ペンを強引に握らせた。典子は箱崎の手を操って、封筒に筆ペンを走らせ、「吉井町警察署長殿」と書かせ、典子は手袋をはめたまま筆ペン、封筒、便箋をまとめてベッドの下に置いた。

「箱崎さん、封筒をいじらないでくださいね」

典子が言ったが、箱崎は何の反応も示さなかった。それを横で見ていた奈央がベッドに飛び乗り、まるでトランポリンのように飛び跳ねた。奈央の体が宙を舞う度に箱崎は苦痛に顔を歪め、何かを叫んでいるようだが声は出なかった。箱崎の表情に奈央は子供のように飛び跳ねた。

典子は奈央を制止するためにシーツの交換をしようと言ってみた。

「賛成——」

奈央は鬼ごっこから、今度はかくれんぼをするようなはしゃぎ方だ。

毛布を剝ぐと、さらに強い汚物臭が寝室に広がった。シーツもいたるところに汚物がこびりつき、血膿のシミができていた。

「もうこのシーツは捨てましょう」

「そうね。こんなの洗うのは汚いし、面倒くさいし、そうしましょう」

奈央は箱崎の鼻孔からカニューレを外すと、パジャマを下ろし、オムツを脱がせてシーツの中に包み込み、そのまま丸め込んでゴミ用のビニール袋に放り入れた。箱崎の足は枯れ枝同然で、踝と膝の部分の丸みを帯びた骨が突き出していた。臀部は完全に膿《う》み爛れ、崩れた肉が露出していた。そこに奈央は真新しいオムツをあてがった。シーツが剝がされたマットレスにも大きな血膿のシミができていた。

箱崎の凄絶な傷の様子に、重症患者をたくさん見てきた典子も一瞬息を飲んだ。しかし、自分や家族が体験してきた苦痛に比べたら、今箱崎が味わっている苦痛などなんでもない。自分たちは平凡な幸福の代わりに汚辱にまみれた人生を享受しなければならなかった。自ら死を選んだ家族もいるくらいなのだ。

着せ替えとシーツ交換が終わると、典子はカニューレを箱崎の鼻孔に差し込んだ。薬物依存症患者が薬物を鼻の粘膜から吸い込もうとでもするように、箱崎は流れてくる酸素を忙しなく吸い込んだ。翌朝、奈央が出勤してくるまでの間だけは、箱崎は酸素にありつけるのだ。

その夜、典子は午前二時までパソコンに向かい、日勤に備えて後は睡眠に費やした。午前二時から夜が明けるまでは奈央がパソコン画面を見続けた。何も起こらなかった。

日勤を終えたその夜から明け方まで、典子は一晩パソコンデスクに座った。午前一時過ぎに携帯電話が鳴った。吉安からだった。

「今晩も会いに行ってやろうと思うけど、鍵はどうなっているの」

「鍵はいつでも教え子たちが会えるように箱崎さんの郵便受けに置いたままよ。自由に使って」

その晩も吉安は三人のホステスを連れて箱崎のマンションを訪ねた。箱崎のカニューレを鼻から外し窓の外に出し、寝室をタバコの煙で充満させ、箱崎を小突いて明け方帰宅していった。

典子は夕方まで寝て、夜勤に向かった。その夜は奈央がパソコン画面を見てくれた。夜勤の勤務時間中に、携帯電話が鳴るのではないかと緊張のしっぱなしだった。しかし、奈央からの電話は入らなかった。夜勤明けで帰宅すると、典子は夜に備えて寝た。

長年看護師をしていると、妙な勘が働くことがある。患者の呼吸、心拍数などから医師が、今夜が峠と診断しても、その患者から精気のようなものを感じるときは、二、三日くらい生きることも多々あった。逆に医師が一週間くらいは持つだろうと判断したにもかかわらず、あっけなく亡くなってしまうケースもあった。自分の第六感の鋭さに怖くなるときもあった。

その晩は、部屋の奥まで差し込む冬の西日のような予感が典子の心には広がっていた。箱崎の寝室に二台のＷＥＢカメラがわからないように仕掛けられている。携帯用のノート型パソコンは寝室に置かれたタンスにしまわれ、そのタンスの上には箱崎が読み終えた本が何冊も重ねて置いてある。その本の一冊は中身がくり抜かれてそこにWEBカメラが仕込まれ、部屋の様子を映している。もう一台のカメラもカーテンレールとカーテンに隠れ、容易には発見できないようにセットされ、コードもカーペットやじゅうたんの下をはって応接室のパソコンに接続されている。

応接室のパソコンは、奈央の自宅のパソコンと二十四時間接続されたままになっている。タンスに隠された小型パソコンも、典子のパソコンと接続され、奈央も典子も自宅のパソコンで、寝室の様子がモニターできるように設定されているのだ。寝室の音も当然、マイクで拾えるようにしてある。どちらかのパソコンがダウンしても対応できるように二台のパソコンで箱崎を監視しているのだ。

湖水に石を投げ入れたように典子の心は波立ち落ち着かなかった。画面に映る箱崎は、ほとんど動かなかった。もはや寝返りを打つこともできないほど衰弱し、死を待つばかりで、周囲に誰もいない時間が、彼にとって唯一安らぎの時間だ。

一時を回っても、二時を回っても寝室の様子には変わりはなかった。今夜は来ないかもしれないと、典子が諦めかけたときだ。黒い小柄な影が動いた。黒のダウンコートを着込みフードで頭をすっぽりと被っている。手袋も黒で、サングラスをかけたままだ。

携帯電話で奈央を起こした。二回コールが鳴っただけで奈央は出た。

「見て」

奈央がベッドから起き出す音が聞こえてくる。

「今、見ている。誰、この人」

奈央も自分のパソコンの前に座ったようだ。

「わからない。携帯をつないだままにしておいてくれる」

「わかったけど、典子さんはどうするの？」

「私は箱崎のマンションにこれから行きます」

「一人で行って危なくないの」

「平気。それと、わかっているね」

「うん」

奈央も典子も、箱崎の部屋の様子を録画するようにパソコンをセットしていた。典子は保存をクリックすると、部屋を出て駐車場に向かった。

「侵入者は女性みたい」

奈央がパソコン画面に映し出される様子を逐一典子に報告する。典子は車に乗り込み、エンジンをかけた。深夜で交通量は少ない。二十分もあれば、箱崎のマンションに着く。典子はアクセルを踏み込んだ。

携帯電話はその間も握ったままだ。

「例の封筒を見つけたみたい」

奈央は侵入者が封筒をコートのポケットにしまい、便箋を捲《めく》っていると伝えてきた。

〈さんざいい思いをさせてやったのに、最後に裏切るとは思ってもみなかったわ〉

会話の内容を奈央は伝えてきた。侵入者はタンスの引き出しを開け、何かを探して
いるらしい。靴下や下着が部屋中に散乱していく。典子はタンスの引き出しの奥にし
まった小型パソコンが発見されないかと、薄氷を踏む思いでハンドルを握った。

「典子さん、聞いている。様子が変よ」

「どうしたの」

「あいつ、ポケットから紐のようなものを取り出したわ」

典子が詳しく聞こうとしたとき、奈央の悲鳴が聞こえた。

「大変、箱崎の首に紐を巻きつけたわ」

「奈央さん、落ち着いて。今、近くに電話はある」

「パソコンの横に固定電話があるわ」

「それで警察に電話して」

「なんて言えばいいの」

「自分が担当している末期ガン患者のマンションに不審者が侵入しているって言っ

て。担当の看護師が心配してマンションに向かっているけど、とにかく患者の命が危ないからマンションに急行するように言って」

「わかった」

奈央が典子の指示通りに固定電話から警察に電話している様子が、携帯電話から聞こえてくる。上ずった声で奈央は自分の名前と住所、電話番号、そして箱崎のマンションの住所を警察のオペレーターに伝えている。

「早く行って。大変よ。紐をカーテンレールに結ぼうとしている」

侵入者は箱崎を首吊りに見せかけて殺すつもりなのだろう。

「そんなこと、どうでもいいでしょう。患者が殺されそうなの」

奈央の絶叫が響いてきた。警察は奈央の通報を半信半疑で聞いているようだ。

「夜は患者の様子がわからないし、二十四時間態勢でケアできるほど日本の福祉はしっかりしていないのよ。そんなこともわからないの。だからインターネットのカメラで、夜間は部屋の様子が見えるようにしてあるの。早く行って。患者が殺されたら、警察の責任よ」

警察も事情が飲み込めたらしい。奈央が携帯電話で話しかけてきた。

「典子さん、今、どのあたり」

「あと十分くらいで着くと思う」

「大変、あいつ、箱崎の体を起こしている」

箱崎の体は痩せ細り、女の力でも十分に動かすことはできる。まして上半身を起こすぐらいは容易《たやす》い。

「急いで」

「もう少し時間がかかるわ」

「典子さん、もうダメ」

奈央が泣き声で叫んだ。典子は携帯電話で奈央に話しかけたが、聞こえてくるのは泣いている声だけで、返事はない。ドアが開く音が聞こえた。

「どうした」

深沢医師の声だ。奈央の泣き叫ぶ声に異変を察知して、部屋に入ってきたのだろう。

「深沢先生」

典子も携帯電話に大きな声で叫んだ。

奈央の携帯電話から流れてきた典子の声に気づいたのか、深沢が出た。

「先生、パソコン画面を見てください」

深沢医師は画面を見て、すべてを悟ったようだ。深沢医師が奈央に代わって画面の様子を伝えてくれた。

〈地図は見つかったかね。こんなことをしても無駄さ。お前のしたことはいずれ世間に知れ渡る〉

箱崎は紐を首に巻かれながら、抵抗するでもなく、喘ぎながら呟く声が、深沢医師にははっきり聞こえた。

「殺されるというのに、箱崎は薄笑いを浮かべている」

〈やっと死ねる〉

「ああ、まずい」

典子は何が起きたかを悟った。

「典子さん、多分もう手遅れでしょう」

「患者は……」

「まったく動いていない」

「今、マンションに着きました」

「気をつけてください。犯人とかち合うかもしれません。私もこれからマンションに向かいます」

深沢は携帯電話を切った。

典子は路上に車を止めたまま、マンションに走った。エントランスから小走りに出て行く黒のダウンコートの女性の姿が目に止まった。典子は後を追った。近くに止めてあった車に乗り込むところで追いついた。

「待ちなさい」

ビクッとしてドアを開けようとした女性の手が止まった。しかし、典子の方に顔を向けようとしない。

「逃げてもムダよ。あなたが首吊りに見せかけて箱崎を殺した様子はすべて録画されているのよ」

フードをすっぽり被り、サングラスをかけたまま典子の方に顔を向けた。

「やはりあなただったのね」

「なんのことかしら」

「ポケットにねじ込んだ封筒のことが気になって箱崎を殺したんでしょう。そんなサングラスは取りなさい、内海今日子さん」

名前を呼ばれ、女性は凍りついたように動かなくなってしまった。

「折茂夫婦殺しの真犯人を箱崎が知っているって情報を吉安さんに流せば、きっとあなたは動くと思ったわ」

「どうして」

「あなたが夫婦殺しの真犯人だからよ」

「そんなデタラメを誰が信じるというの」

「デタラメが露見するのが怖くて箱崎を殺したんでしょう。それが何よりの証拠」

「警察宛の封筒には何の手紙もなかったわ」

「でも、私にはすべてを話してくれたわ、箱崎先生は」

典子はジーンズの尻ポケットにしまってあるICレコーダーのスイッチを入れた。

「真犯人はあなただって箱崎がすべての事実を話してくれた。もちろん彼の証言も録音されているわ」

「何を彼が話したかは知らないけれど、すべて時効が成立している話でしょ」

「そうね。でも、夫婦殺しは時効でも、箱崎殺しは時効ではなく、たった今行われた犯行」

「箱崎は私が二人を殺したって言ったの」

典子は無言で頷いた。

「あの大嘘つきが。折茂美佐子を殺したのは亭主の方よ」

「いくら悪人のあなたでも、実の母親は殺せなかったっていうわけね」

「あんな女を母親呼ばわりするのはやめて」

今日子は吐き捨てるように怒鳴った。「そこまで知っているの。あのおしゃべりが。こんなことになるんだったら、あいつもついでに殺しておけばよかった」

「たとえ箱崎を殺しておいても、いずれ真実は明らかになったわ。あなたは気づかなかっただけで、あの晩、県道から脇道に少し入ったところに止めた車の中で、折茂俊和が帰宅するのを私の父親は待っていた。そのときにあなたが物陰に隠れながら折茂の家に向かって行くのを目撃していたの」

「そんなの出まかせだわ」

「裁判では父の証言はまったく無視され、法廷でも出てこなかったけど、警察の陳述書には若い女性を目撃したことが記されているのよ」

「そう、それで。私があなたの父親に目撃されたからって、それが証拠って言いたいわけ。バカバカしいわ」

「あのときは誰だか父にもわからなかった。ところが最高裁で差し戻し判決が出て保釈になり、高崎や前橋まで出歩くようになって、あなたを見かけたそうよ。父も自分の人生を狂わせたのが誰なのか、自分なりに調べていたの。あの晩目撃した顎にホクロのある女性がラベンダーというバーのオーナーママだというところまで調べていた。それを死ぬ直前に私に打ち明けたの。濡れ衣を着せられた怒りから口走った言葉だと思い私は信じてはいなかった。だから吉安さんの口からラベンダーの名前が出たときは本当に驚いたわ」

「そんなことがあったなんて今の今まで知らなかったわ。あんな男癖の悪い母親は、殺されて当然」

「美佐子さんと箱崎は秘密の関係を持っていた。そうなんでしょ」

「私も箱崎にレイプされた一人よ。箱崎が昔の自慢話をしているうちに、母親とも関係があることを知った」

今日子は折茂家に出入りを許されず、電話だけで母親と連絡を取り合っていた。たまたま電話を入れたとき、義父がテレビ修理の依頼に外出し、その帰りに福留の家に立ち寄ると聞かされた。

「それであの晩、箱崎に美佐子から大至急来てほしいと伝言を預かったと告げてやったのさ。そうしたら箱崎はすぐに折茂の家に向かったわ」

「その一方であなたは、頃合を見計らって福留の家にいた折茂俊和にも連絡を入れた。女房が浮気をしているって」

「母親と箱崎が折茂にぶちのめされる姿を想像したわ」

「母親が財産目当てで結婚し、亭主を殺すように箱崎に持ちかけていたことも、あなたは知っていた。計画がばれそうだと言えば箱崎が駆けつけ、当然修羅場になるのもわかっていた」

「何を言っても、思ってもいいけど、すべてあなたの妄想よ」

「騒ぎが治まった後、二人の寝込みを襲って、継父の折茂、次に母親を殺すつもりだった」

「どうして殺人に順番があるのよ。それに折茂俊和になんか怨みも何もないのに……」

「箱崎はあなたが美佐子の娘だとは知らずに、法学部出身の知識をひけらかし、折茂が死ねば、財産はすべて正妻の美佐子が相続することをしゃべっていた。そこであなたは母親が死んだら、その財産はどうなるのかと尋ねてみた」

典子の推測が的中しているからなのか、寒さのためなのか、今日子は体を震わせた。

「私もあなたが二人を殺そうとしたなんて信じられなかったわ。母親に子供がいれば、その子供が相続すると聞いて、まず折茂俊和を殺し、その次に母親を殺す計画を思いついた。ところが箱崎はすぐに逃げ出し、折茂俊和は美佐子をその場で絞め殺してしまった。あなたの計画は完全に狂ってしまった」

「聞いてあげるわ、あなたの妄想を」

二人に夫婦喧嘩が絶えないのは、周囲の連中も知っていた。美佐子が複数の男と肉体関係を持っていたことも周知の事実だった。箱崎と美佐子の情事の現場に、折茂が踏み込み、それが原因で夫婦喧嘩が起きた。その末に、美佐子の情夫の箱崎が継父を殺したように見せかける。その上で美佐子が自殺を図る。そんなシナリオを今日子は描いていた。

「それで私が折茂俊和を殺したとでも言いたいの」

「そうね。犯人はあなた以外には考えられないわ。妻を殺し、呆然としている折茂の背後から忍び寄り、鈍器で頭を叩き割った。折茂家の莫大な遺産、土地を相続したあなたは中学を卒業すると上京した。ほとぼりが冷めるのを待つために」

折茂俊和の遺産はそっくりそのまま内海今日子のものになった。登記簿謄本にはその事実が記されている。

今日子が故郷に戻ったのは、祖父母が亡くなる直前だった。相続した土地を元手にバブル景気に便乗して不動産業で大儲けした。今日子は土地をゴルフ場に売却していた。その資本を元手に現在では高崎市、前橋市の雑居ビル三棟を所有している資産家でもある。フューチャープランニングは、ビル管理と同時に雑居ビルに入っている飲食店の賃貸契約、家賃の管理も行っている。

箱崎も事件後、じっと息を潜めて暮らしていた。自分が二人を殺した犯人として逮捕されかねないからだ。

「折茂を殺した鈍器で、愛情のかけらも見せてくれなかった母親を憎しみのあまり顔形がわからなくなるまであなたは殴りつけた。それでも遺産を奪うために必死だった。俊和が先に殺されたよう偽装するために、美佐子の浴衣に俊和の血を大量に吸わせた。血の海で箱崎と美佐子が異様なセックスを行い、その後、口封じのために箱崎が美佐子を殺したように細工までした。首にタオルを巻きつけて女を犯すことでしか興奮しない箱崎の性癖を知っていたあなたは、すでに死んでいた美佐子の首にタオルを巻き付け、左回りに力の限り捻り上げた。さらに箱崎の精液が染み付いたパンティをわざわざ美佐子の遺体の近くに放置した。あなたとセックスした後、箱崎があなたの下着に射精したものでしょう。あなたは最初から箱崎を犯人に仕立てるつもりで準備していた。箱崎が逮捕されれば、すべてあなたの思惑通りだった。でも、大きな失敗を一つ犯していた。あなたは靴下に血を吸い込ませるのを忘れてしまった。浴衣にあれほど俊和の血液が染み込むなら、当然美佐子の両足の靴下にも血がつくはずなのに、一滴の血液も付着していなかった。よほど慌てていたんでしょうね」

しかも箱崎にはアリバイがあった。室内の様子を知った箱崎は警察の追及をかわすために、アリバイ工作を太田孝三郎に依頼したからだ。

事件現場近くにいた大船貢が折茂夫婦殺しの犯人として逮捕されてしまった。現在のようにDNA鑑定の技術があれば、パンティに付着した精液は、父親のものではないと明らかにできたが、当時は血液型しか判別できなかった。事件は年月とともに風化していった。

「それでも遺産は転がり込み、安心していたあなたのところに、意外な男が現れた。それが箱崎」

大船貢の逮捕によって箱崎に疑いの目が向けられることはなかった。胸をなでおろした箱崎は、現場の細工ができるのは今日子しかいないと、身辺を調査した。折茂家の財産を今日子がすべて相続した事実を彼も知った。箱崎はその分け前を要求しようと考えた。

しかし、大船の裁判は継続中とはいえ、下手に騒げば自分が犯人に仕立てられてしまう可能性は十分考えられた。今日子が犯人だという証拠もなかった。箱崎は今日子の実家に凶器があるのではないかと疑ったのだろう。

「箱崎の揺さぶりにまんまとひっかかったあなたは慌て、誰だか知らないけど男に手伝わせて実家から凶器を運び出してどこかに隠した。そうなんでしょう」

典子は怒りをぶちまけるように言った。

「よくもそんな妄想が思いつくものね」

嘲笑《あざわら》いながら今日子が答えた。

箱崎はそれでも執拗だった。事件が時効を迎えると、分け前を公然と今日子に要求するようになった。

「それであなたはあのマンションを与え、フューチャープラニングから毎月沈黙の代償を振り込んでいた」

「たとえそれが事実としても、時効を迎えた殺人事件に何故、私が無駄な代償を支払わなければならないの。そんな愚にもつかないこと……」

「それなら何故、箱崎を殺す必要があるの」

　強い口調で典子は言った。

「顔が判別できないほど実母をめった打ちにし、継父を殺して財産を奪い、他人に罪を擦《なす》り付けて、優雅な人生を送っていることが世間に明らかになることを恐れたんでしょ。私が一人で騒いでいるうちは、妄想だ、証拠がないで済まされるけど、箱崎が真実をしゃべってしまえば、ラベンダーのママですって店にも出られなくなるし、インターネットにはあなたの顔が流出し、どこにも行けなくなるからね」

　パトカーのサイレンの音が近づいてきた。

「そんな昔のことは聞かれても警察に答える気もないし、証拠もない。すべてあなたの妄想よ。警察には中学生のときにレイプされた恨みで殺したとでも答えるわ。マンションも振り込みも過去のその事実をばらすって箱崎から脅迫されていたからよ」

　今日子は最悪の事態が起きたときのシナリオも用意してあるのか、氷のように冷徹だった。

　パトカー、救急車がマンションのエントランスに横付けされるのと同時に、深沢医師と奈央の車も到着した。室内が捜索され、箱崎の死亡が確認された。内海今日子は殺人の現行犯で逮捕された。

しかし、取り調べが進んでも、折茂俊和殺しの犯人であるという証拠は発見されなかった。それどころか経済力にモノを言わせて大弁護団を組織していた。今日子の弁護団は、過去の事件については一切黙秘で通す方針を立てたと報じられた。マスコミも時効が成立しているという背景もあって、折茂夫婦殺人への言及には慎重だった。

一方、典子や深沢医師、奈央、さらにはマンションに押しかけたホステスたちにも警察の事情聴取が行われた。深沢医師は、箱崎のカルテに記載してある通りの末期医療を施したと警察に答えた。それを覆す証拠など一切ない。

奈央も、介護の相手が自分に性的虐待を加えた元教師では、本来の介護はできないのではないかと、厳しく取り調べられた。箱崎の遺体を司法解剖すれば、ケアなど行われていなかったことは歴然としていた。

「私は残された時間を精一杯生きるように、患者に訴えました。でも、あの方は自分自身で延命を拒否し、一日も早く死にたいと、再入院どころか体拭きさえ拒否されていました」

それ以上の追及はなかった。

典子は、真犯人逮捕につながる情報を持っていた箱崎には、特に複雑な感情があっただろうと、警察から執拗に事件までの経緯を聞かれた。

「私の方は、彼がときおり暇つぶしに話をする内容からあの事件の関係者らしいってわかっただけで、彼の方は、大船ではなく工藤の姓を名乗っているので、私が大船貢の娘だって、知っていたかどうかわかりませんよ。見舞い客もたまたま箱崎さんが入院していた時期に、教え子も入院していて、それで一人暮らしなのを心配して集まってあげていたんですよ」

結局、典子たちの犯意を炙《あぶ》り出すことはできなかった。箱崎殺しの犯人は今日子であることは明白で、警察も捜査を拡大して、どのような末期医療が行われていたかまで捜査する気など最初からなかったのだろう。

ホステスたちもいつもの生活に戻ったようだ。吉安亜紀がメールでその後の様子を伝えてくれた。

事件後、典子は深沢医師とは会議で顔を合わせたが、互いに話はしなかった。目的は達したのだ。一日も早く忘れて、記憶は封印してこれからは生きていきたいのだろう。その気持ちは典子にも十分理解できた。気がかりは奈央だった。

警察は相変わらず今日子の取り調べに難航していた。箱崎殺しはすぐに自供したが、折茂夫婦殺人事件については完全黙秘を通していた。しかし、警察は箱崎が書き記した警察宛封筒に注目し、どこかに中身が残されていないか懸命に捜査を続けていた。

また奈央が録画した犯行の映像とともに、〈地図は見つかったかね。お前のしたことはいずれ世間に知れ渡る〉という箱崎の声が録音されていた。この映像を記録したDVD－Rを警察に提供するのと同時に、典子と奈央はコピーをマスコミすべてに配布してしまった。犯行の様子はモザイクが入って流れたが、声はそのままニュースに流れた。真相を究明できなければ、警察は同一事件で二度も失態を犯す羽目になる。真相究明には群馬県警の威信がかかっていた。

一カ月が経過し、桜の開花情報がテレビで流れるようになった頃だった。典子へのマスコミ取材も一段落し、平常の病院勤務に戻ると、A総合病院に高崎警察の刑事二人がやってきた。一階の待合室で若い方の刑事が警察手帳に記された二組の数字を典子に示した。

「何か思い当たることはありますか」

〈13859××—3615××〉〈13859△△—3615△△〉

「どこかで見たような記憶がありますが……」

しかし、睡眠中に見た夢のように、明確には思い出せないが、どこかで見ているのだ。

「実は箱崎の本の裏表紙には、どちらかの数字がどの本にも書かれているんです」

年配の刑事の説明に、再入院したときにサイドボードから崩れ落ちた本を元に戻したときに、その数字を見たことを思い出した。しかし、その程度で、数字が意味するものが何なのかまったく見当もつかなかった。

　二人の刑事が落胆した様子で帰っていった。

　典子も三階の緩和ケア病棟に戻ろうと、エレベーターホールに向かった。抜け落ちてしまった髪を隠すために帽子を深々とかぶった少女が車椅子に乗り、母親に押されてエレベーターから降りてきた。少女は亜由美といい小児ガンに侵され、余命半年が宣告されていた。典子の担当ではなかったが、母親から悩みを打ち明けられ、相談相手になっていた。

　軽く会釈する母親と典子はすれ違った。母親の目は赤く充血していた。典子はエレベーターに乗るのを止めて、背後から声をかけた。

「亜由美さん、調子はどう？」

　車椅子が止まった。典子は腰を屈め、亜由美の顔を見つめた。ガンが進行しているのは明らかで、精気はなくそれほど余命が長いとは思えなかった。

「外の空気に触れたいというものだから……」

　母親は語尾を詰まらせた。人目もはばからず車椅子に座る亜由美を背後から抱きしめた。以前の典子ならこんなときは感情失禁を起こしたに違いない。しかし、この日、典子は冷静だった。長い間、心の底に沈殿していたわだかまりから解放されたせいなのかもしれないと思った。今にも崩れ落ちそうな母親に代わって中庭に向かって車椅子を押し始めた。母親は後から付いてきた。

一階受付フロアーの壁にはA総合病院の周辺地図が貼られている。その地図にふと目がいった。目の前でストロボが光ったような錯覚を覚えた。

折茂の田畑山林は大部分がゴルフ場に売却されていたが、小さな山一つだけがまだ内海今日子の名義のままで、売却はされていなかった。典子は後ろを振り向いた。二人の刑事が玄関を出ようとしているところだった。

「刑事さん、待って下さい」

典子は母親に車椅子を戻した。

二人の刑事が重い足を引きずるようにして近づいてきた。

「もう一度、その数字を見せてくれますか」

刑事が数字を示した。

「13859××―36615××ですが、東経138°59′××″―北緯36°15′××″としたら、この地図ではどのあたりになりますかね」

受付の壁に貼られた地図を見ながら典子が言った。

おおよその位置を二人の刑事は目で、典子は指で辿《たど》った。近くにはゴルフ場がある。

「この数字が位置を示しているとすれば、二カ所とも接近していますね」

若い刑事が年配刑事の顔を見て言った。

「私の記憶が確かなら、このあたりはまだ内海今日子の所有する山林だったと思いますよ」

　二人の刑事が色めき立つのが、感じられた。

　二日後、ブルーのテントで囲まれた場所に小型パワーショベルが持ち込まれ、穴が掘られている様子がテレビ映像で流れた。最初に出てきたのは、犯行に用いられたとされた馬鍬の刃だった。その横からはボロボロになった衣服が出てきた。二カ所目から出てきたのは人間の骨だった。骨はＤＮＡ鑑定によって、大船靖子と判明した。

　決定的な証拠を突きつけられて、今日子は全面自供に追い込まれた。靖子は東京でホステスをしていた今日子を頼って上京した。最初から今日子を疑っていたのか、あるいはホステスを続けているうちに、今日子の出生に疑問を抱いたのか、今日子の身辺調査をしたのだろう。内海今日子が折茂美佐子の実の娘である事実に辿り着いてしまった。同時に莫大な資産を相続したことも知ってしまった。

　靖子が今日子の身辺調査をしている事実は、箱崎から知らされた。靖子は箱崎にも話を聞きにいっている。箱崎はそれを今日子に知らせ、同時に分け前を要求したのだ。しかし、今日子も相続した財産を処分すれば、疑いの目を向けられると処分を躊躇《ため》った。分け前を渋る今日子に、箱崎は凶器は内海の実家に隠されているのではとの憶測を靖子に伝えた。

真偽を確かめようと靖子が群馬県中里村の実家に行ったのを知った今日子は身の破滅を感じた。今日子は睡眠薬を飲ませた上で靖子を絞殺した。遺体の処理に困ったが、自分が所有する山林に遺体を埋めれば、発見されることはない。執拗に分け前を要求する箱崎に、将来分け前を与えると約束して遺体をその山に埋めさせたのだ。その直後に、祖父母の家の床下に隠しておいた馬鍬の刃と返り血を浴びた衣服も箱崎に処分させた。その位置を正確に記憶するために、箱崎は目印となる木の下に隠した。さらに、そのデータを正確に記録するために、地図などではなくＧＰＳを利用したのだ。

箱崎はいずれガンで死ぬ運命で、そうすればすべてを闇の中に葬れる。今日子は安心しきっていたに違いない。典子が事実を調べ始めてもそれほど驚きはしなかった。むしろ吉安から得る情報では、典子は箱崎を真犯人と思い込んでいた。しかし、「真犯人を知っている」と箱崎が口走っていることを吉安から聞き、口封じを迫られた。

証拠品の発見と今日子の全面自供でマスコミが一斉に動き始めた。逮捕のときとはうって変わって激しい論調で内海今日子を非難し、時効の問題点を指摘していた。実母の遺体損壊、継父の折茂殺人、これらの犯行は成人前に行われた。まさに少年犯罪だった。大船靖子殺しについては成人になってからの犯行だが、時効が成立し法的責任を追及できない。末期ガンの箱崎の殺人だけが彼女の罪状として裁かれるだけだ。

時効が成立していなければ、三人の殺人で裁かれるはずだ。今日子の犯行の陰で大船祐美や太田潤子が自殺している。にもかかわらず、報道によれば、十数年で今日子は出所してくる可能性がある。

典子はテレビ取材のマイクを向けられ、時効についての感想を求められた。

「今日子さんには真面目に刑に服してもらい、一日も早く社会に復帰してもらいたいと思っています」

意外な答えに、リポーターは困惑した顔をしている。典子は続けた。

「殺人犯やその家族にどんな視線が向けられ、どんな思いをするか、刑務所の塀で守られたところではなく、社会に出て、一日も多くその苦しみを体験してほしいと思います。その苦しみを嫌というほど味わわせてやります。本当の償いは刑期を終えてから始まるんです。彼女が刑期を終える日が今から楽しみで仕方ありません」

リポーターは苦りきった顔で典子を見つめていた。

五月の連休明けだった。ナースセンターでカルテに目を通していると、久しぶりに奈央から携帯電話に連絡が入った。

「靖子さんのこと、本当に慰めの言葉も見つかりません」

「ありがとう。でも、もういいの、すべて終わったことだから。それより奈央さんは元気なの」

「ええ、あれからいろいろ考えました。でも振り返っても仕方ないので、これからは前だけを見て生きるようにします。今回の件は忘れられないと思いますが、記憶の奥底にしまい鍵をかけて、生涯それを開けることはないと思います」

「それでいいのよ」

典子は答えた。

「私、今、受験予備校に通っているんです。医師を目指します」

「そう。お父様も喜んでいるでしょう。あなたならきっといい医師になれるわ。患者の心の痛みまでわかる医師になれると思う」

「そうなれるように頑張ります。典子さんもお元気で」

「ええ、あなたもね」

電話を切るとナースコールがなった。

「チーフ、来てくれますか。患者さんの容態が急変しているんです」

「慌てないで。すぐに行きます」

うろたえる若い看護師に注意を与え、典子はナースセンターを出て病室に向かった。

本書は二〇〇八年十一月、徳間書店から発行された単行本『誤審』を改題し、大幅に加筆・修正したものです。

なお本作品はフィクションであり、実在の個人・団体などとは一切関係がありません。

文芸社文庫

誤審死

二〇一五年二月十五日　初版第一刷発行
二〇一五年六月二十五日　初版第二刷発行

著　者　麻野涼
発行者　瓜谷綱延
発行所　株式会社　文芸社
〒一六〇-〇〇二二
東京都新宿区新宿一-一〇-一
電話　〇三-五三六九-三〇六〇（編集）
〇三-五三六九-二二九九（販売）
印刷所　図書印刷株式会社
装幀者　三村淳

ISBN978-4-286-16054-2

［文芸社文庫　既刊本］

火の姫　茶々と信長
秋山香乃
兄・織田信長の命をうけ、浅井長政に嫁いだ於市は於茶々、於初、於江をもうけるが、やがて信長に滅ぼされる。於茶々たち親娘の命運は——？

火の姫　茶々と秀吉
秋山香乃
本能寺の変後、信長の家臣の羽柴秀吉が後継者となり、天下人となった。於市の死後、ひとり残された於茶々は、秀吉の側室に。後の淀殿であった。

火の姫　茶々と家康
秋山香乃
太閤死して、ひとり巨魁・徳川家康と対決する於茶々。母として女として政治家として、豊臣家を守り、火焔の大坂城で奮迅の戦いをつらぬく！

それからの三国志　上　烈風の巻
内田重久
稀代の軍師・孔明が五丈原で没したあと、三国志は新たなステージへ突入する。三国統一までのその後のヒーローたちを描いた感動の歴史大河！

それからの三国志　下　陽炎の巻
内田重久
孔明の遺志を継ぐ蜀の姜維と、魏を掌握する司馬一族の死闘の結末は？　覇権を握り三国を統一するのは誰なのか⁉　ファン必読の三国志完結編！

［文芸社文庫　既刊本］

トンデモ日本史の真相　史跡お宝編

原田　実

日本史上の奇説・珍説・異端とされる説を徹底検証！　文庫化にあたり、お江をめぐる奇説を含む2項目を追加。墨俣一夜城／ペトログラフ、他

トンデモ日本史の真相　人物伝承編

原田　実

日本史上でまことしやかに語られてきた奇説・珍説・伝承等を徹底検証！　文庫化にあたり、「福澤諭吉は侵略主義者だった？」を追加（解説・芦辺拓）。

戦国の世を生きた七人の女

由良弥生

「お家」のために犠牲となり、人質や政治上の駆け引きの道具にされた乱世の妻妾。悲しみに耐え、懸命に生き抜いた「江姫」らの姿を描く。

江戸暗殺史

森川哲郎

徳川家康の毒殺多用説から、坂本竜馬暗殺事件の謎まで、権力争いによる謀略、暗殺事件の数々。闇へと葬り去られた歴史の真相に迫る。

幕府検死官　玄庵　血闘

加野厚志

慈姑頭に仕込杖、無外流抜刀術の遣い手は、人を救う蘭医にして人斬り。南町奉行所付の「検死官」が、連続女殺しの下手人を追い、お江戸を走る！

［文芸社文庫　既刊本］

贅沢なキスをしよう。
中谷彰宏

いいエッチをしていると、ふだんが「いい表情」に。「快感で人は生まれ変われる」その具体例をあげて、心を開くだけで、感じられるヒント満載！

全力で、1ミリ進もう。
中谷彰宏

失敗は、いくらしてもいいのです。やってはいけないことは、失望です。過去にとらわれず、未来から今を生きる――勇気が生まれるコトバが満載。

フェイスブック・ツイッター時代に使いたくなる「孫子の兵法」
村上隆英監修　安恒　理

古代中国で誕生した兵法書『孫子』は現代のビジネス現場で十分に活用できる。2500年間うけつがれてきた、情報の活かし方で、差をつけよう！

「長生き」が地球を滅ぼす
本川達雄

生物学的時間。この新しい時間で現代社会をとらえると、少子化、高齢化、エネルギー問題等が解消される――？　人類の時間観を覆す画期的生物論。

放射性物質から身を守る食品
伊藤　翠

福島第一原発事故はチェルノブイリと同じレベル7に。長崎被ばく医師の体験からも証明された「食養学」の効用。内部被ばくを防ぐ処方箋！